U0053495

序

在最壞的時代，讓我們用創作留下最好的自己。

《破曉前》這部作品是我至今最喜歡的小說作品，首章節於 2013 年動筆，前後創作時間長達七年，終於在 2020年的今天完成。這可以說是我創作上一直以來的夢想，我終於完成我第一部科幻愛情小說。

七年來，我們共過的患難也不少。雖然《破曉前》僅屬一部科幻愛情小說，但故事裡不少情節，相信大家都會有所共鳴。戲如人生，我們都在一起寫一個故事，這個故事與勇氣和堅持有關。

《破曉前》的故事始於某一夜，香港突然發生的一場地震，元朗近六萬人口的範圍被神秘的藍陰霾隔離，全區受困，僅餘民政處及警署等部門有限度維持區內運作。身爲區議員的主角張諾懿，在調查中驚覺災難背後的眞相非人類能力所爲，到底是誰有能力令全區遭隔離，主角們又如何應付不同的追捕而調查眞相?

衷心希望你會喜歡這個故事，這可以說是我成爲作家以後最用心寫的一部作品。希望我們的創作都能如實地反映這個時代，就算面對再大的壓力，我們都堅持「行無愧怍心常坦，身處艱難氣若虹」的氣魄，繼續與強權周旋。

破曉前，黑暗後。

「我相信，我們會贏的。」

鄺俊宇

2020 年 6 月 12 日

序章

序章

凌晨 00：29。

遠處突然傳來一聲巨響，令睡夢中的我猛然驚醒，在我未能判斷發生甚麼事之際，接著，是我從來未經歷過的劇烈地震。

我房間內的模型擺設，紛紛因震動而東歪西倒，桌上的水晶擺設也跌在地上碎開了。我只能用棉胎把自己包裹著，直至震動了近三十秒，靜止後，我才能穩住身子。

「是地震嗎?」我感到奇怪：「但香港怎會地震?」

我走出房間，見到爸爸和老媽子也剛步出客廳，明顯因剛才的地震而驚醒了。

「是怎麼的一回事?從來未感受過如此強烈的地震。」爸爸平日不苟言笑，見慣大場面的他，這時也不免露出驚訝的表情。

「不知道，是附近發生爆炸嗎?」我攤一攤手：「看看電視新聞?」

爸爸自然地拿起遙控開啓電視，但電視卻收不到訊號。

再按其他頻道，發現全數頻道失效。

「連電視也收不到，發生了甚麼事?」老媽子的語氣，帶著奇怪和擔心。

「鎖定點，可能受剛才的爆炸影響了吧?」爸爸不以爲意。

我拿出 iPhone，開《蘋果日報》App，即時新聞只 Update 至 00：22；

我再打開《香港電台》新聞 App，更新時間為 00：25；網絡訊號顯示正常，但各大新聞網站及網上討論區未有更新。

「奇怪，連新聞 App 也沒有消息?」我納悶，看看 WhatsApp，然後在平日最熱鬧的 Group 寫了一句：「剛剛地震呢，有誰知道發生了甚麼事嗎?」等了一會兒，沒有人回覆。

正當我想再看其他網站之際，房間傳來爸爸的聲音：「喂喂，過來看看。」

爸爸正在窗口旁，看著遠處近元朗工業區的方向。我家住在元朗朗庭邨，單位在二十樓，故視野廣闊，令人足以看到大半個元朗區。

「看甚麼?」我見到爸爸指著最遠處，是元朗南生圍附近。

在漆黑的夜空下，正常來說只能看到零星的燈火，但這時我看到的是一種帶有藍色的陰霾在遠處瀰漫著。再細心看，原來這種藍色陰霾瀰漫在元朗的附近。

而且這正如水彩滴入水中般擴散，佔據夜空。

「那是甚麼?」爸爸看不明白，我當然也沒有答案，然而在這個窄窗口，根本看不清楚發生了甚麼事。

這時候電話響起，我接聽：「喂?」

「喂，阿諾，你在家嗎?」是我的死黨，也是跟我在同一條屋邨長大的童年玩伴，阿鈞。

「我在，我知道你要說地震的事，你也在家吧?」阿鈞跟我住在同一棟樓，我說道:「我想現在上天台看看!」

阿鈞應了一聲「好」便掛線。正常來說，公屋天台的門應該是鎖著的，但自小在這裡長大的我和阿鈞，總有辦法上到天台。童年時，我們就在這裡和梯間玩「何濟公」。

我沿樓梯來到天台，打開鐵門，見到阿鈞已早我一步來到。

我先看到的，是阿鈞臉上複雜的表情，再當我環顧四周的情況，我明白阿鈞的樣子爲何這樣難看。

或許是，我不知道該如何形容眼前所見的景象。

現在雖然是凌晨，但附近的天空並不是漆黑一片，而是四周瀰漫著一種深藍色的陰霾。

正確點來說，這種藍色的陰霾將部分元朗區包圍著。

無論我怎樣看，我都不能看到藍色陰霾以後的景物。

瀰漫著的，不單是藍色的陰霾，更是詭異非常的氣氛。

「那種藍色的陰霾是甚麼?怎麼我看不到陰霾後的建築物?」阿鈞的一句提問，劃破了夜間的寂靜。

我不懂回應，阿鈞再喃喃自問:「這不會是核爆吧?」

我的視線仍然放在遠處：「我搞不懂，但核爆應該不會這樣子吧?」

正當我想補充的時候，電話又響起，我按下接聽鍵：「是誰?」

「張諾懿議員，你在元朗區內嗎?」我認得這聲音，是元朗區民政事務處的副專員，劉志恆。

「在，」我回應：「有事發生了?」

「你能在半小時內，到達區議會大廳嗎?」

我感到事件不尋常，但先答應：「可以，但可以簡單告訴我，到底發生了甚麼事?」

「張議員，在二十分鐘前，」他吸了一口氣：「我們跟外界失去聯絡。」

「我不明白。」我頓了一頓：「你指我們跟其他區失去聯絡?」

「我也不明白，所以我們須要召集仍在區內的所有部門代表，進行緊急會議。」

「好，」我明白事態的嚴重性：「我立即出發。」

掛上電話後，阿鈞看著我：「不是來真的吧?」

「不知道，」我的心跳在加速：「我只確定，」

「我們正身處災難之中。」

第一章

第一章

未知是否因爲剛剛的地震，令升降機也停止運作，我唯有循樓梯走落地面。

區議會大廳，位於元朗大橋街市的政府合署，從我的家步行十分鐘便到。

在途中，我見到開始有市民在街上聚集，大家都是因凌晨的爆炸聲和地震，而走到街上與其他人議論。

這時候，電話響起，我接聽：「喂?」

「你沒有事吧?」是我的助理，也是我的好朋友莊苡晴，年紀輕輕，但交託她的工作，往往都能迅速完成，曾與我聯手解決了不少令人頭痛的求助。

「沒有事，妳在朗庭邨?」我回話。

「是啊，我在家，」她聽得出我在街上急步走：「你在跟進?」

「對，正趕往區議會開緊急會議，一切訊息都很混亂。」我邊走邊說。

苡晴說：「我剛剛打了數次999，電話長響，竟然沒有人接聽!」

到底是甚麼回事?電話訊號有問題嗎?但這刻我卻在跟苡晴正常通話。

苡晴續說：「我換個方法，致電元朗警署報案室，能接通，但接聽電話的阿Sir只勸喻我留在室內位置。」

「我覺得如果再沒有應變措施，居民會鼓噪。」苡晴提醒。

「明白，」我邊走邊說：「有消息，互相聯絡。」

跟苡晴掛線後，我忽然想起一個人。

不，應該說當爆炸發生後，我便一直想著她。

內心掙扎了一會兒，我忍不住打電話給那個她。

電話在接駁中的聲音，與我的心跳頻率相近，直到我聽到若喬的聲音：

「喂?」

「喂，」我有點不知所措：「是我。」

若喬笑得溫柔：「聽到你的聲音，眞好。」

「妳那邊沒大礙吧?」

「沒有啊，只是鄰舍都在議論地震的情況。」

「那太好了，」我放下了心頭大石：「還記得當年跟妳在台灣旅行時遇上地震，妳嚇得哭起來。」

「還笑，你那時還嚷著甚麼『一定有古怪事發生了』，原來只是普通的地震吧?」

若喬突然靜了：「想起來，原來已經是三年前的事了。」

「妳最近還好嗎?」我艱難地吐出這句話：「我以為妳搬走了，怎麼住在同一條邨，卻碰不到妳。」

「沒有啊。」若喬的聲音來得輕描淡寫。

好想說下去，但現在實在不是敍舊的適當時間，我把話題一轉：

「若喬，妳要好好保護自己，這次的事件並不簡單。」

「你也是，你現在應該要專心地忙你的事了，」若喬同樣的懇切：「我支持你。」

很多話想說，但若喬就是如此懂我冷、知我暖的人，往往知道甚麼時候要給我支持，甚麼時候要讓我去工作。

分開了，溫柔卻不變。

「謝謝妳，我先去忙。」然後我掛線了。

想不到，與前女友斷絕往來後，第一個電話是在這樣的情況下聊。

或許當人遇上危難時，才敢於記掛想記掛的人吧?

警車聲不斷在附近迴盪，但這時我不能理會太多，只是希望能盡快趕到會議廳，才能掌握發生了甚麼事。

凌晨01：30，我推開了會議廳的大門，見到總共不到十位的與會者，我簡單地打了招呼，副專員也剛好進入會議廳。

「各位，請坐。」副專員劉志恆邊說邊坐下：「抱歉，要召集各位淩晨來開會，但我不得不這樣做。」

「有甚麼事要這樣緊張?」首先回應的是另一位區議員，吳紹星。

在場僅有兩位區議員，我和吳紹星，其他與會者都是各部門的代表。

「你待會便會明白。」劉志恆攤一攤手：「請元朗警署副指揮官爲我們講講前線警員所掌握的資料。」

元朗警署副指揮官，施紀風，阿 Mark，能幹且可靠，曾到英國留學，約三十五歲的一位男士。

「因指揮官不在區內，所以我以副指揮官身份來參與緊急會議，」阿 Mark 的口音有點英國風：

「00：16，PC4673 及 PC8758 接到市民報警求助，到達元朗市鎮公園附近，了解一宗懷疑氣體泄漏案件，其後失去聯絡。」

「失去聯絡?」吳議員反應很大，我坐在他旁邊，忍不住斜視他，但阿 Mark 沒理會：「以下是他們用手提電話致電回警署的錄音。」

阿 Mark 將 iPhone 放近會議咪，咪內傳來一把男聲：

「喂?報案室嗎?我是 PC4673，袁志銘，須要立即找大 Sir，急需支援!」

第一章

「你怎麼用電話打回來?若有急事，怎麼不用對講機直接聯絡總部?」

「我不知如何解釋……請盡快替我聯絡大 Sir!」

「明白，請等我一會……」

正當報案室警員想轉駁電話時，電話另一邊傳來尖叫聲。

「啊!別過來!別過來!!」

電話另一邊傳來混亂的嘈雜聲，夾雜人慌忙走避和一種奇怪的聲音，勉強形容像一堆樹葉被火燒時枯乾收縮的聲音。

「喂?喂?」相信是報案室的警員也察覺不妥。

然後，好像有人在地上拾起這部電話。

「救命啊!嗄嗄……」電話裡的另一邊，有人在逃跑，電話不斷發出碰撞的聲音。

「你冷靜點!告訴我，發生甚麼事?」

「嗄嗄，爲甚麼會這樣，爲甚麼會這樣!?」是把女聲，相信是另一位到場的警員。

「妳是不是另一位警員，」聽到報案室的警員在翻頁:「看資料，妳是不是 PC8758，陳思欣?」

「是，」女聲有點恍惚，像受驚過度:「他們……全不見了，不!」

「他們……他們全都被吞掉了!」

音訊突然斷掉，只餘報案室的警員在「喂」。

阿 Mark 關上 iPhone 錄音 App：

「報案室值日官按機制，派出巡邏車及四名警員，趕赴現場。」

「他們有發現嗎？」發言的是元朗區地政署聯絡主任，方志威。

「不，直至現在，01：45，兩位警員及其後支援的四位警員，」阿 Mark 嘆了一口氣：「全失去聯絡。」

會議廳，頓時寂靜。

在場每一個人，包括我，目瞪口呆。

☾

凌晨 01：45，元朗區，區議會大廳。

「失去聯絡？怎麼可能？」吳議員感到難以置信：「警隊標榜最完善的通訊裝備，他們的 GPS 定位呢？」

「吳議員，」阿 Mark 有點動氣：「我們的通訊裝置，在午夜大約十二點後，陸續失靈。」

「這個是你們平日見到巡邏警員所使用的對講機，」阿 Mark 拿起一個黑色的對講機：「內置 GPS，直接連繫警方的通訊中心，可是它們現在全部失效。」

阿 Mark 續說：「在差不多同一時間，爆炸與地震同時發生，我們不排除這些現象與警員失蹤的事件有關係。」

副專員劉志恆打斷阿 Mark 的發言：「大家請先看看這幾張相，」

「抱歉，沒時間將它們製成 Power Point，我直接將相投放給大家看。」

投影屏幕顯示數張照片，均是元朗區的地點：元朗大坑渠、元朗西鐵站一帶、元朗市鎮公園一帶，以及朗庭邨，剛好是元朗區的東、南、西、北面。

四張照片相同之處，是夜空同遭一種深藍色的陰霾所佔據。

「藍色的是甚麼?」發問的是環境保護署，元朗區高級環境保護主任，胡子健。

「是一種陰霾，」地政署聯絡主任方志威說：「在四十分鐘前，我們已確定這種藍色的陰霾，將大半個元朗市區包圍，北至朗庭邨，東至元朗大坑渠，南至元朗西鐵站一帶，西至元朗市鎮公園。」

方志威吸了口氣：「這種陰霾，以不規則的方式包圍了元朗市區。」

「陰霾有甚麼可怕?待它散去便沒有事吧?」吳議員輕描回應。

「不，我們警方認爲這種藍色的陰霾絕對有危險。」阿 Mark 指正：

「有警員失蹤以後，我們已派警員封鎖公路，暫不讓人和車輛接近上述藍陰霾的範圍。」

任職環保署的胡子健更著緊：「確定陰霾有毒嗎?」

「有可能，但時間不足，我們難以界定，」阿 Mark 續說：「我們原計劃聯絡消防處，但電話沒有人接聽，因元朗消防局在藍陰霾以外，我們暫不能走過去。」

「就連博仁醫院，也遭藍陰霾覆蓋，我們未能跟院方聯繫。」

「不好意思，」舉手發言的是民政處聯絡主任，辛巧培，二十多歲，聰敏，平日擅於協調各部門的工作。

「讓我補充，網絡及通訊設施雖維持正常，但我們嘗試聯絡政府總部求救，卻沒回應。」

簡單幾句便能將複雜的情況表達清晰，是辛巧培所擅長的。

「是這種藍色陰霾，把我們困在元朗區?」我忍不住問。

我的問題，引來會議廳一陣起哄，吳議員揮一揮手：「張議員，你的想法太荒謬，太幼稚了吧，現在不是拍電影。」

「不，」阿 Mark 望向副專員：「我們要作不同的打算，如果張議員的說法成立，我們更須要採取措施。」

吳議員一面不屑：「電力、水，甚至電話通訊現仍能運作，這些資源都是依靠區外供應，根本就是杞人憂天，陰霾散開便無大礙吧?」

「這種陰霾具有阻隔性，」一位白髮男士表示：「起碼我們不能辨識藍陰霾外的情況。」

吳議員打斷這位男士的發言：「你是誰?」

「他是香港大學物理學系副教授，他居於附近，是我找他來幫忙的。」副專員說，並請鄭教授繼續發言。

鄭教授續說：「我想糾正一點，電話通訊並非完全正常運作，大家請留意一下與會者的共同點。」

「共同點?」我明白鄭教授的意思：「在座每位，都是居住於藍陰霾範圍內，而電話通訊，僅在這範圍內有效?」

「對，」鄭教授回應：「我明白這是難以解釋的事，但卻在發生，我們未能與藍陰霾範圍外取得聯絡。」

「科幻電影嗎?這裡可是香港呢，怎會有這麼荒謬的事情?」吳議員不滿。

「因爲這裡是香港，所以多荒謬的事情也能發生，」我受不了這位吳議員：「就如你都能當選做議員一樣。」

吳議員頓時漲紅了臉，「你說甚麼!?」他站了起來：「我可是區議會副主席!」

我也站了起來：「副主席就能橫行無忌了嗎？」

「別再吵了！」副專員劉志恆喝道，吳議員和我才坐下來。

「藍陰霾範圍內，僅餘你們兩位區議員，我們需要你們的幫忙，」劉志恆續說：「尤其我們需要居民都認識的人物，才能儘速穩定民心。」

「我認爲，」我嚴肅地表態：「須要啓動緊急應變系統，以及盡快向公衆披露消息。」

「披露消息？難道告訴他們，元朗區給甚麼怪陰霾封鎖了，大家安心留在家中，放假上網看電視？」吳議員語帶嘲諷，我沒理會他。

副專員閉上眼，靜了數十秒後，再開腔：「我不建議向公衆披露全部消息，這會引來公衆恐慌，但我贊成啓動緊急應變系統。」

「但……」我還想說些甚麼，但副專員打斷我的說話：

「因民政專員不在區內，所以我以元朗區民政事務副專員身份，啓動緊急應變機制。」

「我頒令，元朗區正式進入三級災難狀態，須採取第三級應變措施。」副專員用極其嚴肅的語氣宣佈。

☾

凌晨 01：55，元朗區進入三級災難狀態。

「別開玩笑，」吳議員抗議：「根據『香港特區緊急應變系統』，應變措施須由行政長官、保安局頒令，劉志恆，你有何權力？」

「有，」我反駁：「情況有如行政長官不能履行職務，便由政務司司長擔任署理特首，政務司也不在，則由律政司領導，如此類推。」

辛巧培補充：「現於藍陰霾範圍內在位的政府部門，最高職級爲民政事務處副專員，首長級乙級，即 D3，他有權根據『香港特區緊急應變系統』，成立『緊急監援中心』。」

「可否解釋得詳細點?」是房屋署，房屋事務經理，杜嘉良問。

「『緊急監援中心』，The Emergency Monitoring and Support Centre，即『EMSC』，用以控制災難情況。現在的情況，僅由民政事務處、元朗警署、地政署、房屋署、運輸署、路政署、環保署、區議會代表，共同運作。」辛巧培回應。

「這裡，即區議會大廳，暫成爲『緊急監援中心』，」副專員發出指示：「元朗警署需於三十分鐘內封鎖全部對外公路，嚴禁市民與車輛接近藍陰霾附近。」

「因應範圍內最多人口居住的地方爲朗庭邨，請房屋署聯絡當邨管理公司，點算人手，維持邨內秩序。」房屋署，房屋事務經理，杜嘉良點頭示意。

「運輸署與路政署同事，請協助警方，封鎖所有元朗區對外公路網，並嘗試維持區內交通正常。」運輸署與路政署的代表，表示明白。

「民政事務處將協助我履行『救災工作統籌者』工作，區內社區會堂將變爲臨時收容中心，以收容有需要的市民。」

副專員一口氣頒佈各分工，然後望向鄭教授：

「請教授協助警方分析，尤其發生於午夜後的地震及爆炸，會否與藍陰霾的出現有關。」

鄭教授點頭：「我盡力，畢竟我的專長僅限於物理。」

「我有問題，」吳議員發言：「『緊急監援中心』需要有區議會代表吧?」

「應該要有的。」副專員回應。

「那麼我作爲區議會副主席……」吳議員若有暗示：「是否應該要擔任副統籌等職位?」

「這，」副專員頓了一頓：「也好，能令『EMSC』更具廣泛性。」

「好，」吳議員好像忘了，剛剛是如何強烈反對啓動系統：「現在最重要是同舟共濟吧?」

副專員站了起身，雙手撐在會議桌上：「現在時間爲凌晨 02：10，藍陰霾範圍內，三分之一個元朗區，粗略估計有近六萬人口，正處於災難中。」

「我們千萬不能讓暴亂發生，直至成功聯絡外界求救。」副專員沈重地下結論：

「四小時後，回來這裡，我們召開第二次應災會議，現在散會。」衆人和應，並各自展開工作。

我先找阿 Mark：「你會親自到藍陰霾附近視察嗎?」

「會，」阿 Mark 的性格有點鬼仔，好爽快：「就現在，你想跟來嗎?」

「當然。」我苦笑，這時那位白髮的鄭教授走近：「年輕人，歡迎老人家加入調查嗎?」

「Of course!」阿 Mark 微笑：「現在就出發。」

離開區議會大廳，我、阿 Mark、鄭教授和數名警員，上了巡邏車，開往警員失蹤的位置——元朗市鎮公園。

「你有何判斷?」我問阿 Mark。

阿 Mark 聳聳肩：「藍陰霾有絕對的危險，不管它從何而來，但它現在的確封鎖了元朗區。」

「觸碰它，或是用車輛穿越它會如何？」鄭教授問。

「不知道，還未試過，但我好在意失蹤警員的那一句。」阿 Mark 回應。

「『他們全都被吞掉了』？」我說：「我好記得這一句，和那段錄音的背景聲音。」

「對，」阿 Mark 想不明白：「他們是訓練有素的警務人員，理應不會如此慌張，而且這句話實在太荒謬。」

「不知道，」鄭教授搖搖頭：「這超越了我的知識範圍。」

在現實生活中，我們習慣用常識判斷事情。可是，當眼前情況不能以常識理解時，我們會頓時失去判斷能力，就像現在的窘況一樣。

我正想回應之際，車已開到元朗市鎮公園附近，並見到有警員在路上駐守。

「情況如何？」阿 Mark 與我們一同下車，然後向一位在場的警員問：「有人走入範圍內嗎？」

「沒有，這附近未遭藍陰霾覆蓋的，只剩公園、學校和元朗大球場，」警員向阿 Mark 報告：「我們暫將封鎖線設於藍陰霾邊界的一百米外。」

「我準備走進去，請安排。」阿 Mark 要求。

「施 Sir，這太危險了，」警員反對：「在大約一小時前，才有六位伙記失去聯絡……」

「我明白，但我必須走進去，」阿 Mark 打斷他的話：「This is an order!」

警員明白，退開並作安排，我向阿 Mark 要求：「我和你一起進去。」

阿 Mark 苦笑：「我沒有辦法保障你的安全。」

「我哪用你保障，」我笑言：「童年時，我們聯手打贏了不知多少場架。」

阿 Mark 一槌輕打我心口，笑言：「可是，現在你是『有權力』的議員，我只是當差而已。」阿 Mark 刻意拉長「有權力」三字來挖苦我。

我苦笑。事實上，在香港如此畸形的政制下，有權力的應該是政府和大財團，哪輪到議員？

現爲元朗警署副指揮官的施紀風，阿 Mark，童年時和我在同一條屋邨長大，他比我大五歲，還記得他離開香港到外國的前一天，我們還在街場打了一場波。

那場波，我狠狠地敗給了他。

「我也來，」鄭教授說：「我年紀不輕，都沒甚麼所謂了。」

鄭教授的一句，令我和阿 Mark 都笑得響亮，眞的不像要面對甚麼危險。

「施 Sir，準備好了。」警員回報。

「好!」阿 Mark 昂然站出第一步：「我們三個，送死去了!」

第二章

凌晨 02：30，我、元朗警署副指揮官、香港大學物理學系副教授，將會走近藍陰霾，即約一小時前，共六位警員失去聯絡的位置。

根據資料，藍陰霾像一把落在元朗市鎮公園的刀，故走進公園範圍，已接近藍陰霾的邊緣。

整個市鎮公園杳無人煙，靜得只有我們三人的腳步聲，連心跳聲也快聽得見。

「啊，」阿 Mark 有所發現：「是我們的巡邏車。」

我們循方向而望，是一輛打開了車門的巡邏車，像車上的警員慌忙逃走時，連車門也未能關上，地上甚至有一頂警員帽。

我們走近了巡邏車，再四圍觀察，然後鄭教授有所發現：「你們看！」

循鄭教授所指的方向看去，遠處正有一種藍色的陰霾飄浮，我們逐步走近。

每踏前一步，我的心跳得更急，呼吸更重，因爲我連自己在走近甚麼東西也不知道，可是這種東西，已先後令六位曾接受嚴格訓練的警員與我們失去聯絡。

一步一步，我們三人，終於來到了能直視藍陰霾的位置。

它像一道水簾，從天空中灑下來，並把眼前所有景物阻隔，我們不能目視藍陰霾後的事物。

「這是甚麼現象來的?」鄭教授托托眼鏡，一面疑惑。

阿 Mark 在路旁拾起一塊石，向我們示意，然後他用力地向藍陰霾擲過去。

石塊在空中劃出拋物線，在觸碰藍陰霾的一刹，石塊竟突然不見了。

我指的不見了，未至於立即消失，石塊就像拋進湖中，泛起少量漣漪，然後就不見了。

眼前的藍陰霾，有點像一道垂直的湖面，這也是個很勉強的形容，因爲當石塊觸碰藍陰霾的那刻，與其說它泛起了漣漪，倒不如說像蠕動。

就像是蠕動的內臟一樣。

然後，這種蠕動就像把剛剛拋過去的石塊吞噬了。

那麼石塊去了哪裡?

「媽的，這是甚麼現象?」阿 Mark 苦思不得其解，正想拾起另一塊石塊再試時，藍陰霾竟有點異動。

「天啊!」鄭教授受驚，跌坐在地上並大叫起來:「它在移動!」

藍陰霾這時候竟向我們的方向，以相當慢的速度蠕動，從肉眼判斷，它像向我們的方向踏前了一步!

平日以冷靜見稱的阿 Mark，這時竟緊張得立即拔槍:「別過來!」

我還來不及制止，他已經向藍陰霾開了數槍，震耳欲聾的槍聲過後，我立即再望向藍陰霾的方向。

結果，阿 Mark 槍擊的位置，引來了幾陣蠕動，明顯比剛才投石塊所引起的蠕動更猛烈，然後沈寂了。

緊接著，是藍陰霾更大幅度地向我們的方向移動!

「不是吧!?」阿 Mark 有點措手不及，正打算再開槍之際，我立即按住他握槍的手，並制止他:「別亂來!」

我不知爲甚麼要制止阿 Mark，但我下意識覺得，這藍陰霾竟像是有生命的東西。

攻擊，只會更刺激它作出回應。

我和阿 Mark 喘著氣，瞪著眼前正向我們蠕動的藍陰霾，這時候，我腦裡一片空白，但竟忽然想起小時候，玩「何濟公」時是如何發瘋地跑，才能避開被捉的命運。

但如果它眞的追著我，我能跑得掉嗎?

我們三人靜了好一會兒，直到發現藍陰霾的蠕動好像停止了，沒有再向我們的方向前進後，我們才能鬆一口氣。

「這到底是甚麼回事?」阿 Mark 明顯因剛才的一幕，而嚇得聲線也有點顫抖:「『它』會移動的嗎?」

我驚魂還未定:「它明顯是向前移動了數呎!」

「看來它一碰到刺激物便會有反應，」鄭教授慢慢站直身子：「好像有生命一樣。」

語畢，我們三人的心，像頓時浸在冰冷的水中。

要遇上甚麼怪異的情況，才能令久經訓練的警員大失方寸，看來有點眉目了。

阿 Mark 拿出電話，撥了號：「我是施 Sir，立即下令，將封鎖範圍擴大至藍陰霾邊界的二百米外，任何人等，包括警員，不得進入!」

「我們的對手竟然是這種東西?」阿 Mark 掛線後，在喘著氣：「真夠荒謬!」

「振作點，」我拍拍阿 Mark 的肩：「現在不是吃驚的時候。」

阿 Mark 想開口，但電話又再響起：「喂?明白，我立即來。」

「朗庭邨出現混亂，我要派人手嘗試控制。」阿 Mark 望向我。

「你們先去忙吧，」鄭教授回頭望望藍陰霾，再望向我：「我先留在這裡。」

「這怎可以?」我有點驚訝：「這很危險呢!」

「我知道，但只要不刺激藍陰霾，暫時尚算安全。」鄭教授堅持：「在這裡我才能發揮一點作用，說不定我能找出藍陰霾出現的原因呢。」

在我仍想說服鄭教授離開的時候，我忽然看到鄭教授和阿 Mark 身後的遠處，有一個「人」。

嚴格來說，這不是一個人。

那是一個恍如人的黑影，在鄭教授和阿 Mark 身後約五十米，亦即是在藍陰霾中。

「他」有著違反常理的身體面積，我只能形容，「他」的手腳都被拉長了，而且相當長，就像畫長了的火柴人。「他」就這樣，站在深藍色的陰霾裡。

然後，我看著「他」慢慢舉起了幼得不合常理的右手。這個時候，我已經按捺不了內心的恐懼，尖叫出來：「啊!!」

我甚至跌後了半步，差一點失去平衡，幸好阿 Mark 的反應夠快，扶穩了我：「你怎樣了?」

我驚魂還未定，指著藍陰霾：「有……有人!」

阿 Mark 和鄭教授均感疑惑，循我指著的方向望去，可是，藍陰霾雖仍存在，但陰霾裡卻看不到我指的那個「人」。

一眨眼間，那個「人」不見了。

「哪有人?你給剛蠕動的藍陰霾嚇壞了吧?」阿 Mark 說：「但剛剛明明看似最冷靜的是你啊。」

「不，不!是真的有個人呢。」我強調，憶起那個「人」抬起右手的畫面，明明只是兩秒間的事，但那種恐懼，像是拉長了我的時間感。

不知是否我的幻覺，我甚至聽到，那個黑得像木炭的人影移動手部時，會發出像枯木摩擦的聲音。那種毛骨悚然的感受，就像那個「人」用「他」炭黑的手，在我的手臂上劃一條痕。

不，我不可能會看錯的。

阿 Mark 安撫我：「這夜的怪事夠多了，因此而看錯了甚麼也不出奇吧。」

我還想說些甚麼之際，教授已重回剛才的話題：「我們分工合作，你們先平亂，我留在此觀察。」

「教授，你萬事小心，我們保持電話聯絡。」阿 Mark 把自己的警員證交給教授：「如果有我的伙記見到你在封鎖範圍內遊走，你給他們看看證件，我會跟警員交代一聲。」

鄭教授接過證件：「有生之年能接觸如此奇異的事，」他苦笑：「死而無憾了。」

剛剛面對藍陰霾蠕動，鄭教授明明很害怕，但在這個緊急時期，他願意用自己的專業，克服恐懼來應付大眾所面對的災難，實在值得敬佩。

與教授道別後，我和阿 Mark 趕回巡邏車，趕往混亂的朗庭邨。

凌晨 03：45，在趕往朗庭邨的警察巡邏車上。

車程中，阿 Mark 和我都有點沈重，我先開腔：「你怎樣評價警員失蹤的事件？」

「不知道，」阿 Mark 有點沈重：「但我想起一些傳說。」

「傳說？」我感到奇怪。

「在軍事歷史上，有不少軍隊失蹤的事件，」阿 Mark 舉例：「我沒記錯，第一次世界大戰中，有一支擁有八百多人的英軍，部署在土耳其的嘉里玻里地區，向一個高地進發。」

我把身子稍往前傾，示意我有興趣聽下去，阿 Mark 續說：「不知爲甚麼，大陰霾忽然出現，但隊伍繼續向前進發，結果，當最後一名士兵都隱沒在陰霾中後，他們從此就消失了——八百多人，一下子，就這樣從此消失。」

「就像，」我心有點寒：「現在的六名警員一樣？」

這明明只是傳說，但竟與我們正面對的情況有點雷同，然後我又忽然想起剛剛在陰霾裡看見的那個炭黑人。我像看到「他」張開口，又發出那種枯乾了的聲音，然後想吞掉我。

「喂！」阿 Mark 的叫喊聲，使我從沈思中回過神來，他問：「你怎麼了？」

「沒，沒甚麼。」我有點恍惚。

「相比警員失蹤，現在我更擔心另一個問題。」阿 Mark 有點沈重。

「警力不足？」我察覺阿 Mark 的擔憂。

「對，」阿 Mark 點頭：「據計算，凌晨更所有文職、軍裝和其他崗位的同事，差不多有一百人。」

「但單計朗庭邨已經有超過三萬人口，然後計算元朗一帶的私樓區，」我苦笑：「一百人的警力，能維持近六萬人口的秩序嗎？」

「一對六百！」阿 Mark 速算不錯，我擔心：「稍一混亂，警方會迅速崩潰。」

「我也不知道，警方有的是裝備，大不了用槍控制秩序。」

「怎可以？」我神色嚴肅：「槍一開，會更混亂！」

「我明白，如果可以，我又怎會希望用子彈維持秩序？」阿 Mark 點頭：「但現在，數小時前發生的地震，電視失去訊號，以及不能致電到區外，這些只發生在災難電影的劇情，卻發生在市民身上，現在他們不亂才怪。」

「所以我認爲要全面通報訊息，讓他們盡早明白自己身處怪異的災難中!」

「副專員不下決定，你怎可能公佈?」阿 Mark 明白我的脾氣：「萬一公佈了更加混亂，怎麼辦?」

「他們亂猜不知情，才容易出事吧!」我有點激動。

「你太理想化，」阿 Mark 說：「現在先應付眼前的混亂吧!」

巡邏車駛到朗庭邨巴士總站，在 OK 便利店門前停下。我和阿 Mark 下了警車，一抬頭，見到正有近數十人於眼前的便利店擾攘，店內亂成一團。便利店員欲阻止，但明顯因太多人在搶掠而未能成功。

有一個男人，雙手捧著一箱蒸餾水衝出便利店，正打算逃走，阿 Mark 立即截住他：

「你膽敢搶掠?連蒸餾水也不放過?」

他神色有點慌張：「人人都搶啦!有人說自來水會停，或受污染，總之不理了!」

他把阿 Mark 硬生生的撞開，然後逃去。

「看來群衆恐慌的情況比我預期中更嚴重!」阿 Mark 目瞪。

「這是『破窗定律』，再不制止，秩序會崩潰。」我回應。

美國心理學家 Philip Zimbardo 於 1969 年，進行了一項實驗，他找來兩架一模一樣的汽車，其中一架停在中產階級社區，另一架停在相對雜亂的紐約貧民區。停在貧民區的那架，車牌被除掉，頂棚被拆走，結果這架車當天就被偷走了；放在中產階級社區的那一架，一個星期後也毫髮未損。

可是後來，Philip Zimbardo 用錘子在那輛車的玻璃上敲了個大洞，結果僅僅過了幾個小時，這部車也如貧民區的那架車般，迅速被破壞及偷走。

這是犯罪學中的「破窗定律」，大意指有人敲破第一扇窗，自然會有第二個人進行更大膽的行動。

阿 Mark 不能接受眼前的失序：「只是三個半小時的事而已!」

「三個半小時，」我失笑：「足夠一個政府倒台了!這正是署方不公佈消息的結果!」

「阿諾!」後方有人喚我的名字，我轉頭看，是我的助理苡晴。

「情況怎麼了?」我問苡晴。

「很混亂，全邨都陷入恐慌，沒有官方消息，有些人開始趁亂搶物資。」苡晴說：「但最混亂的，不是這裡。」

「是哪裡?」我還未問完，阿 Mark 的電話已響起：「喂，你在哪裡?不是命令你派警員維持朗庭邨的秩序嗎?」

阿 Mark 說了兩句便掛線:「阿諾,這裡的超級市場在哪?」

「商場二樓!」我立即轉身,與阿 Mark 邊行邊商議:「有更壞的情況?」

「這裡只是小戰場,」阿 Mark 說:「最大的戰場,現於超級市場門前!」

超級市場位於朗庭商場二樓,我、苡晴和阿 Mark 三人轉眼就趕到,只見有近百人正包圍超級市場。超級市場已下電閘,但見有人正起跳踢著鐵閘。

一名軍裝警員,正於另一邊與十數人爭執,警員明顯佔下風,現場近百人的情緒都相當激動,聲浪不絕,起碼我和阿 Mark 來到現場,也沒有人留意到。

「你們是不是不肯開閘!」有人情緒激動,指罵一個身穿超級市場制服的女職員:「是不是想收起所有物資!?」起哄聲隨即而起,那位職員近乎想哭的樣子。

「收聲!」阿 Mark 大聲一喝，並穿過人群走到超級市場門前：「我是元朗警署副指揮官，你們想怎樣?想搶劫超市?」

原以為群衆聽到是警察會稍爲靜下來，豈料一聽到阿 Mark 表明身份，噓聲四起。

「地震了，有大爆炸，你們警察去了哪裡?」有人破口大罵：「甚麼公告也沒有，電視訊號又收不到，都世界末日了，留住這些物資幹甚麼?」

一陣更大的起哄聲響起，群衆趨前，甚至推撞阿 Mark。阿 Mark 忍耐不了，舉起手槍：「全部退後!」

群衆頓時退後了一步，可是人群中不知誰多口：「怕甚麼?這裡數百人，他難道眞的敢開槍?」

然後，靜不到數秒，群衆再次起哄。突然，有人不知從何處閃出來，一拳打在阿 Mark 的臉上，阿 Mark 一中拳，已立即用拳頭回敬，可是群衆已衝上去，將阿 Mark 瞬間包圍。在這時，我以自己最大的聲量：

「停手!」

隨這句後，全場頓時稍微靜下來，大家的視線都落在我身上。

「他是誰?」群衆中有人細語：「是那個甚麼區議員嘛。」

「區議員咋!」有人更大聲：「拉橫額拯救蒼生?」然後，是一陣嘲笑聲。

我穿過人群，來到超級市場門前，看到倒在地上的阿 Mark 剛站起來，撫著被擊傷的嘴角，然後看到那位一面驚恐的超市女職員。我吸了一口氣，轉身面向那數百人。

「怎樣了？有事要宣佈嗎？」站在群眾最前的，應該是剛剛對阿 Mark 揮拳的那位男子，語帶嘲諷。

「不，」我搖搖頭：「我是來歡迎大家去搶物資的。」

「吓？」群眾不理解，我指示那位超市女職員：「打開電閘。」

「吓？」女職員疑惑，我再說一次，更大聲一點：「打開電閘！」

女職員拿出鎖匙，打開電閘旁的電掣盒，按下綠色的閘掣，電閘徐徐升起。

「你瘋了嗎？」阿 Mark 在我旁邊輕聲說，但我不理會。升起的電閘因生鏽而發出難聽的磨鐵聲，與在場數百人的寂靜成一大對比。

直至電閘完全升起後，毫無防守的超級市場，就在我身後。

這時候，苡晴越過群眾來到我身邊，或許沒太大作用，但她總會在我需要的時候，站在我那邊。

靜了數秒，我先發聲：「怎樣了？」我問那剛剛帶頭衝擊的男人：「幹嘛站在這裡，衝進去吧！」

「你大我啊？你猜我不夠膽衝！？」那男子兇狠地回應，並踏前了一步。

「不，我怎敢大你。只不過，如果你是第一個衝進去的，其他人，我一個都不追究，」我神態自若地微笑：「我只追究你!」

說這句話的時候，我的心跳得很快，手在震，但我盡力保持冷靜的樣子。我知道，我正在下一盤很大的賭注。

一退縮，我便會輸。

「你胡說甚麼!?」

「我只是想告訴你，你既然膽敢帶頭衝，自然要背上責任，」我用姆指指向背後的超級市場：「這裡擺放的，已是我們整條屋邨的糧食。」

「你一搶，就是與我們全邨人爲敵!」我這句喝得最大聲。

全場人頓時面面相覷，我繼續用同一個聲量，走近男子身旁的人問：「你，跟他一夥?」他搖頭，我再問另一人：「你，跟他一夥?」他也搖頭。

「有誰跟這個男人是一夥的，打算搶邨民的糧食!?」我向在場的人大聲問，大家都退後了半步，那男人悻然地回敬：「你即是承認有事發生了啦!?」

「是，而且好大件事，但正是如此，」我回敬得更大聲：「我更加要保證全邨人都能夠平均分配僅餘物資!」

「我和大家坦白，現在的確有事發生了，亦有人在努力了解發生甚麼事，但最大的災難，不是甚麼地震和爆炸，」

我靜了數秒：「而是我們自己人打自己人。」

「我可以答應大家，你們想要甚麼，待我們找人來安排和管理秩序後，你們可以隨便進入超級市場拿到。只要是必需的，我們都會安排，你們甚至不用付錢也可以。」

「各位，你們來找物資，無非爲家人著想。」我說得語重心長：「但大家請聽我一言，情況並不是那麼壞，未到要四圍搶掠的程度，只要沒有第一個人引起混亂，便不會有第二個人跟著混亂。」

寂靜的人群中，有人開始回應：「其實我又不急於找物資，但政府可以告訴我們發生了甚麼事沒有?」

「地震超過了數小時，一點消息也沒有，有鄰居說樓下快暴動了，不搶便快沒物資，我們做男人的，當然要照顧家人。」

「明白，換作是我，我也會這樣子。」我嘗試以最慢、最輕的方式說：「但請給我們時間，起碼這裡的近百位前輩，請回家，安撫左鄰右里，有人正在努力處理，千萬不要自亂陣腳。」

「我答應大家，三小時內，我們會逼政府交代全部消息。」我誠懇地請求：「所以，請至少給我們三小時!」

衆人停在原地，但有人開始和應著，連剛剛那帶頭衝擊的男子也道：「對不起。」然後他也退開了。

在群眾稍爲散開後，我跟阿 Mark 說：「你明白我爲何堅持要公佈消息了嗎?」阿 Mark 苦笑：「我同意了，」阿 Mark 望向稍爲散開的人群：「因爲連子彈也未必能控制秩序。」

我們與超市女職員協調後，她把超市電閘匙交予警員，阿 Mark 請警員聯絡「EMSC」，並盡快派員管理。那位警員向我點頭：「謝謝你。」我微笑回應。

面對災難，讓群眾掌握消息眞的很重要，當群眾知道「有人正在領導」，混亂會延遲出現或程度會相對減低。2001 年 9 月 11 日，美國世界貿易中心遭受恐怖襲擊，即「911 事件」，時任紐約市長朱利安尼，在恐襲發生後立即召開的記者會，是在街上一邊趕赴災區，一邊進行的，讓紐約市民知道政府仍在運作，仍然有人領導。

這時阿 Mark 的電話又響起，他聊了數句，神情變得緊張，掛線後，他跟我說：「我和你現在要見一個人。」

「是誰?」我感到奇怪。

「她是我一位伙記的未婚妻，」阿 Mark 說：「她未婚夫在大約三小時前，曾致電給她。」

苡晴不明白：「那有甚麼特別?」

「她的未婚夫，」阿 Mark 頓了一頓：「正是趕赴藍隂霾現場支援，其後失蹤的其中一位警員。」

我有點吃驚，因為在大約三小時前，即 01：30，那是警員失蹤之後的時間，也即是代表，該警員在藍隂霾外致電回來嗎？

「苡晴，拜託妳留在朗庭邨，我要離開這裡。」我跟苡晴說，她點頭，我再加一句：「不像從前，這次的危機是史無前例的，萬事小心。」

「明白，我會盡力，」她微笑：「稍後向你追加班費。」聽後我也笑了。

我看著阿 Mark，然後我們有默契地起步，趕往元朗警署見這位女士。

我和阿 Mark 趕上巡邏車，離開朗庭邨，邨內繼續有零星的混亂，但我們已沒有時間逐一到場處理。

車程間，我在車窗中，看到元朗區內開始有局部的混亂，有人在輕鐵路軌上追逐，有人聚集在元朗大馬路一帶的店鋪前，遠處傳來起哄聲，夾雜叫囂聲，幸好馬路仍算暢通，巡邏車才能順利駛至元朗警署。

我和阿 Mark 迅即抵達元朗警署二樓的會議室，我們要見的人，正是坐在會議廳裡的一位女士。

「李小姐，妳好。」阿 Mark 先跟她打招呼，我留意到她眼睛紅紅的，像剛哭過一樣。

「我知道你們正在忙，客套話我就不說了，」李小姐直接了當：「我未婚夫是否出了意外?」

問題過後，只有我們三人的會議廳頓時寂靜，阿 Mark 語帶尷尬：「李小姐，請妳先聽我說……」

但李小姐打斷阿 Mark：「我未婚夫去了哪裡!?」

阿 Mark 一時不知如何應對，我接著說：「李小姐，現在的確發生了我們難以解釋的事，我們也很想知道妳未婚夫去了哪裡……」

「那爲何你們不通知我!?」女士語帶哽咽。

「對不起，我們要封鎖消息，所以我們不能即時知會妳，」阿 Mark 緩緩地說：「是 Derek 他曾給妳電話?」

「是，他說了幾句很奇怪的話，所以更令我擔心，」李小姐帶著淚，激動地說：「他平日很冷靜，絕不輕言放棄，可是，他卻給我留了遺言!」

「我明白妳的心情，換作我是妳，我都會很難受，」我攤一攤手：「但請詳細告訴我們，他跟妳說了甚麼?」

李小姐稍爲平復：「大約在 01：30，他致電給我。」

01：30，即警員 Derek 與其他三名同袍趕抵藍陰霾現場，打算支援較早前失去聯絡的兩位警員之後。

「我知道他今晚當值，正想關心他是否處理午夜的爆炸事件時，他好像受驚過度般說了幾句話。」

此時，我的心跳得很快，因爲我將會知道藍陰霾外的環境。

「Derek 跟我說：『阿琳，我……我眞的很愛妳。』那時候，明明他說的是甜言，但我感覺到異樣，他再說：『其他人都陸續動不了，我知道，我都很快不能動了……』」

「我根本不明白甚麼是不能動，我緊張地問：『你在哪裡？』他好像聽不到我說甚麼，只是喃喃自語：『我很想和妳結婚。』」

「我很害怕，於是我再問：『你在哪裡？』他靜了十多秒，說：『我在……』然後，又靜止了。」

「那時我好激動地在說『喂』，並不斷問：『你發生了甚麼事？』」

李小姐紅著眼，看著我和阿 Mark 說：「然後他沒有再作聲，我再不斷地問，電話另一邊都沒有回應。」

「我無計可施，唯有帶著這部電話來到元朗警署，」李小姐拿出她的電話，遞向阿 Mark：「他從 01：30 打電話給我，我一直沒有掛線，現在正保持通話。」阿 Mark 有點吃驚地接過電話，電話顯示的通話時間是：「03：15：36」，即是通話已保持三個小時以上。

換言之，這刻的通話，自警員 Derek 進入藍陰霾後便沒有停止過。

這個電話，現正連接藍陰霾外的世界。

阿 Mark 先對電話：「喂?」

他「喂」了數聲，顯然電話的另一邊並無回應，我接過電話，細心聆聽電話另一邊的聲音。

電話的另一邊，顯然不是室內的環境，而是戶外的地方，我問：

「喂?有人嗎?」

這好像有點傻，有人的話，他自然會回應你，但我的直覺告訴我，電話的另一邊，正發生超越我們想像的事情。

「剛剛我問了數十分鐘，電話另一邊也沒有回應。」李小姐說。

「他的電話可能跌在地上，而他離開了?」阿 Mark 問。

「不太可能，我的耳朵在來電後的三十分鐘內，差不多沒有離開過電話。」李小姐補充：「如果電話跌在地上，我會聽得到的。」

我不知爲何有這個想法，我再說：「我不知你在面對甚麼情況，但如果可以，請你製造任何回應的訊號給我們!」

阿 Mark 說：「別傻了，這怎麼可能?」

「不，我覺得他仍手持電話的!」我死心不息：「一點聲音也好，你試試!」

阿 Mark 和李小姐都看著我，我緊張而靜心地細待電話另一邊的回應。

三十秒過後，我突然聽到有點微弱的聲音：

「……呃……」

我有點傻眼，以為自己聽錯了，於是開啓電話的擴音功能，放在會議桌上，並用會議廳的咪，把電話裡的聲音再擴音。我望向大家：「你們聽聽!」

電話另一邊先是寂靜，然後，我再次聽到那種奇怪的聲音，但很微弱：

「……呃……嗄呃……」

這種聲音，我很難找到適合的形容，但我可以肯定，這是由人發出的聲音，就像你被掐著喉嚨，不能發言，卻能用喉間的肌肉來發出聲音。

「Derek!是你嗎?」李小姐很激動，阿 Mark 拍拍她的肩膀請她冷靜。

我先假設對方在未能判斷的情況下不能發聲，於是我嘗試用問題引導：

「如果你是 Derek，你嘗試回應我。」

電話另一邊傳來「呃」的一聲，阿 Mark 接問：「Derek，你有生命危險嗎?一聲代表沒有，兩聲代表有。」

寂靜了好一會，電話傳來：「……呃……嗄……」

這是代表回應阿 Mark 那道有生命危險的問題嗎？我不能判斷，正當我想再發問時，電話另一邊傳來一陣聲音：

「……呃…呃嗄……呃……嗄……呃……」

聲音很微弱，如果真的是由人發出來，這個人很有可能在極痛苦的情況下發聲，而剛剛的一段像是有節奏的話音。

我聽不明白，看看阿 Mark，他和我有相同的疑惑，明顯不明白電話另一邊想表達的訊息。

可是，同一個節奏的話音再響起：

「……呃…呃嗄……呃……嗄……呃……」

在這個情況下，我們實在難以和電話另一邊溝通，儘管有人在向我們發出訊號，但我們難以解讀。

我嘗試調整話題：「我明白你有訊息急於表達，但不如我們還是用問題來理解……」

我話未說完，李小姐突然哭出聲來，她哽咽，勉強說：「我明白 Derek 想說甚麼了。」

「說甚麼？」我和阿 Mark 即時問。

「是《No More "I Love You's"》，我認得出，」李小姐心痛地說：「是

一首他喜歡的歌!」

在這時，電話裡突然傳來撞擊聲，就像電話跌在地上，然後通話突然終止，iPhone 的畫面回到桌面，我們三人都呆住了。李小姐激動地拿起電話，向著話音筒大聲叫喊，然後她立即回電。從她的神情當中，可以猜到通話訊號在響，卻沒人接電話。

這刻，她跟未婚夫眞正斷絕通訊，驚悉這情況的她，忍不住跌坐在地上哭崩。

我當然明白李小姐的心情，在電話另一邊，她的未婚夫遭遇了我們未知的情況，至少，連說話的能力也被剝奪了。

我想李小姐沒有把我和阿 Mark 安慰她的說話聽入耳，只見她跌跌撞撞地離開會議室。門關上後，會議室回復寧靜，我和阿 Mark 相對而無言。

阿 Mark 跌跌撞撞地步至牆邊，一拳打在牆上的壁報板，發出「砰」的巨響。

「我眞不知道如何應付!」阿 Mark 再一槌打向壁報板：「我寧願失蹤的是我自己!」

「振作點，」我明白阿 Mark 的性格：「剛剛仍收到他的訊息，代表他仍在生吧?」

阿 Mark 的眼睛通紅：「那現在呢？」

我無言以對，但正想勉強說點鼓勵說話的時候，有人敲門，進來的是位年輕的警員，他向阿 Mark 敬禮：「施 Sir。」

阿 Mark 顯得有點不耐煩：「有話就說！」

警員有點難啓齒：「你不用去『EMSC』的第二次應災會議了。」

「爲甚麼？」阿 Mark 顯得有點錯愕。

「在你視察藍陰霾與處理區內混亂期間，有一個人來了元朗警署。」那位警員明顯有難言之隱。

「是誰？不要吞吞吐吐！」阿 Mark 有點光火。

「是『一哥』(即是警務處處長)。」那位警員有點怯懦。

我和阿 Mark 都顯得非常錯愕，怎麼警務處處長會身處被封鎖的元朗區？

「原來『一哥』在元朗，剛好在陰霾內的範圍，」警員補充：「剛才你和張議員在這裡與李小姐會面時，他已經跟部分高層警員溝通好，並即時取得行動指揮權，還有……」

「你直言吧。」阿 Mark 說。

「他表示會親自到『EMSC』會議，以及，」警員續說：「一哥好像不喜歡你跟張議員合作。」

「我又聽聞，『EMSC』不想你交太多資料給張議員，」那位警員望向我：「及不想再讓張議員使用警方資源。」

「EMSC」的主席是民政事務副專員，尚算持平；但副主席卻是與我不和的吳議員，加上是否向公衆公佈全部消息，我和「EMSC」有明顯的分歧。

「謝謝你坦白。」我向警員笑言，他苦笑，並退出會議室。

阿 Mark 動怒拍枱：「現在是甚麼時候了!?大難當前，還搞親疏有別!?」

「我與『EMSC』的立場不同，是我堅持要公佈消息，」我說：「難怪他們不想我掌握太多消息。」

阿 Mark 看看手錶：「現在是 05：30，快進行第二次應災會議，你快啓程去開會，現在只有你仍有身份出席會議。」

「明白，我這就走!」我準備離開會議廳，阿 Mark 叫住我：「等等!」

「甚麼事?」

「留意一哥在『EMSC』的決定，請不要再讓我的伙記去冒險，」阿 Mark 誠懇地要求：「你見過藍陰霾，也聽過警員在藍陰霾外的來電，只有你才明白，藍陰霾外有多危險。」

「求求你。」認識阿 Mark 這麼多年，我從沒有見過他求人。

我知責任重大：「明白。」關上會議廳門，我隻身趕往「EMSC」。

雖然不能坐警車，但幸好元朗警署與區議會會議廳的距離不算遠。我儘速趕往會議廳，途經市中心一帶，街上情況比我預期中嚴重，最遠處我見到有火光，未知是何處正起火，而區內有部分鋪頭的大閘被破壞，有人在亂跑亂叫，有數十部車輛亂停在馬路中心，令路面出現短車龍。

我急步趕往「EMSC」，看看手錶，時間是06：15，理應天亮。但我抬頭看天空，有光，卻帶著暗藍色，我甚至找不到太陽的位置。

途中，我打開iPhone，想上網找點資料，卻發現網絡的反應依舊有點慢。我試了幾遍，也開啓其他新聞App，不是難以更新，就是沒有反應。

我納悶，但因「EMSC」的第二次會議於06：10開始，我不能再作停留，故急步直達元朗政府合署。

推開會議廳大門，會議廳內正進行會議，我道歉：「對不起，我因有要事遲了。」

正主持會議的副專員示意我坐下來：「沒關係，我們剛開始不久。」

「指揮官，請你繼續。」副專員用手勢請示。

我循副專員視線，看到人稱「一哥」，即香港警務處處長郭振雄，他正在匯報，可是卻因我突然出現而被打斷。我向他點頭打招呼，他看到，卻沒回應我。

我碎碎唸：「好一股殺氣。」

我坐下來，一哥繼續匯報：「我們警方已封鎖元朗區所有對外交通，把封鎖範圍定為藍陰霾邊界的二百米外，並命令警員不能透露封鎖線後的任何情況。」

「那警方掌握了藍陰霾外的情況嗎？」發問的是吳議員，也是現時「EMSC」的副統籌。

「我想過一會兒便會知道，」一哥表示：「我們警方正執行代號為『破浪者』的行動。」

會議廳的十多位與會者屏息靜氣，細聽警方行動的最新安排。

「二十五分鐘前，我們已派出一隊 EU 趕赴元朗西鐵站，藍陰霾雖覆蓋了西鐵站，但只要我們能確定藍陰霾外，西鐵隧道仍然存在，警員只須稍為進入被藍陰霾覆蓋的範圍，便能步入位於錦上路的隧道，並經隧道內的緊急出口向外求救。」

「甚麼!?」我反應很大：「這樣的決定很危險，怎麼不來『EMSC』

作決?」

「現在是緊急時期，加上，決定並不是我一個人下的，」一哥不慌不忙：「我在『EMSC』的統籌及副統籌同意下才決定的。」

我望向副專員，他未作聲，但吳議員已開腔：「張議員，現在是緊急關頭。有方法，我們就應該要試，有何問題?」

我語帶激動：「你們掌握藍陰霾外的情況嗎?可知道陰霾外的情況有多危險!?」

「就是不清楚，我們才更須要派警員去掌握!」一哥回應。

吳議員也搶著回應：「如果有一點危險便放棄向外求救，那麼我們應該怎麼辦?坐在原位，等人來救?」

「我不是反對採取行動，但行動應該是先向陰霾範圍內的市民公佈消息!」我站了起來：「如果要用人命去冒險，爲何不掌握多點情報才行動?」

「細路，你見過多少風浪?」一哥語帶不屑：「他們是我的伙記，你緊張他們，還是我緊張他們?」

我正想反駁之際，一哥放在桌上的電話震動起來，一哥說：「應該是在元朗西鐵站行動的警員來電。」

一哥接了電話，聊了幾句，再向副專員表示：「我開啓擴音，讓大家了解行動進展。」他接著把電話貼近會議咪，擴音器傳來聲音：「喂?」

一哥說：「李 Sir，你可以繼續匯報。」

「明白，我們一隊共四位警員，現身處往錦上路西鐵站的路軌上，將會進入藍陰霾範圍。」

「現我們距離藍陰霾，還有約十步，我們已準備好突破藍陰霾。」

06：40，在藍陰霾包圍元朗的六小時後，警方嘗試直接突破藍陰霾。

「距離五步、四步、三步、兩步……」李 Sir 連同他的隊伍，正逐步向我們匯報。

會議廳內眾人都屏息靜氣，眾人都專心聽著警員突破藍陰霾的匯報。

「好，這刻，我們已站在藍陰霾的分界線前。我們維持步速向前行，身邊都有藍陰霾，能見度僅十步距離。」

「藍陰霾並不像我們平日見到的陰霾，我們用手撥，它竟然會移開。情況有點像……我好難找到形容詞，勉強說，像平日我們喝湯時，湯面有一層油的話，我們可以撥開它，它會移開點，但不一會兒，它又會回到原位。」

一哥說：「好，請繼續向前走!」

「是，我們正沿西鐵路軌向前走，如無意外，好快會步至隧道入口。」

電話裡，傳來鞋子踏在石塊上的聲音，可以想像到電話的另一邊，警員正一步一步的，在鋪滿石塊的鐵路路軌上向前行。

雖然只有聲音，但李 Sir 的描述令在會議廳的人，像置身於遭藍陰霾包圍的西鐵路軌上。自數小時前，元朗遭藍陰霾包圍，我近距離觀察藍陰霾，以及見證藍陰霾那恐怖的蠕動、失蹤警員在藍陰霾外致電回來的那個電話開始，我一直都希望弄清楚藍陰霾外，到底發生甚麼事。

但我有一種不祥的預感，我覺得警員的探索，會導致災難性的後果。

過了好一段時間，電話又傳來聲音，我才回過神來，李 Sir 在電話裡說：「報告，我們開始見到錦上路西鐵車廠。」

「我們將經過錦上路西鐵車廠，並向錦上路隧道前進。」

全場沈寂，只專注話筒傳來的聲音。

「好，我們進入隧道了，隧道內沒有燈光，我們要用電筒照明。」

沒有燈光?但隧道內應該有緊急照明系統。是沒有電力嗎?但藍陰霾範圍內的電力卻維持正常。

「報告，隧道內視野相對清晰得多，看來藍陰霾未能進入隧道內，我們可以繼續向前走，向外界求助!」

會議廳內響起衆人的歡呼聲，大家頓時覺得事件有曙光，但在興奮的氣氛當中，我卻有異樣的感覺。

求救，眞的會順利嗎?

在歡呼聲中，電話裡又傳來聲音，因爲大家都太吵，我聽不到，然後我細心點再聽，電話裡傳來的竟然是尖叫聲。我大聲喝住會議廳內吵鬧的衆人:「大家冷靜點!李 Sir 有話要說!」

會議廳內的衆人霎時寧靜下來，而電話裡傳來的聲音，竟然是急速逃跑的腳步聲，我甚至聽到李 Sir 因急跑而發出「嗄嗄」的氣喘聲。

天啊!短短十多秒，發生了甚麼事?

一哥保持冷靜，立即向著電話問:「李 Sir，發生了甚麼事?」

「嗄嗄……」仍在急跑的李 Sir，慌亂地回應:「他……他的手斷了!」

「甚麼人的手斷了??你冷靜點，再報告!」

「我的三位同伴忽然沒有向前走，我拍其中一位，但他沒反應。於是，我扯他的手，想他跟我走，殊不知，我一用力，他的手就像鬆脆的石頭般斷掉了!!」

像鬆脆的石頭般斷掉了?但數十秒前，他是一個正常人，是與李 Sir 一同向前走的生命，怎會突然變成鬆脆的石頭?

「嗄嗄……我現在正跑回錦上路站……」

「嗄嗄……」

「嗄嗄……怎麼會這樣子的!?」

一哥握緊電話：「怎樣了!?」

「我被藍陰霾阻隔了，我回不到錦上路西鐵站的月台!」

「怎麼可能，藍陰霾只是陰霾而已，你撥開它自然可以回來吧!」

「不!不!!我現在就身處在藍陰霾之外，但我回不來了，就像有一道玻璃門把我阻隔在外邊!」

「甚麼意思?我不明白!」

「這次死了，嗄嗄，這次死了……」如果聲音能表達絕望的感覺，李 Sir 現在的聲音，像一個絕望的人臨死前的呼喊。

然後，電話另一邊便靜止了。

通話並未結束，一哥緊張地對著電話繼續「喂」，但李 Sir 的情況，就如較早前失蹤的另一位警員 Derek 的情況一樣，再沒有任何回應。

到底，他們在藍陰霾外遇到甚麼事呢?

當一哥「喂」了很久，但電話的另一邊也沒有回應後，他掛線，然後向副專員說：「我安排了後備的隊伍 Stand By，隨時可以再出動。」

我聽後，先是傻眼，再氣上心頭：「郭振雄處長!剛剛才因你的決定，犧牲了四條人命，你現在還想再來一趟!?」

郭處長看著我，漲紅了臉：「難道你覺得我很想我的伙記出事!?」他再向我大喝：「你那麼厲害，不向外求救，還有甚麼辦法?議員!?」

「我早已說過，應先向陰霾內的市民公佈消息，暫時維持了秩序後才收集情報，以找出藍陰霾的資料!」

「那要等多久?公佈消息後可以更有效維持秩序?這是甚麼鬼話!?」

場面相當僵持，我和郭振雄都氣上心頭，事實上，我不能說自己的方法最好，但我覺得總好過有無謂的犧牲。這時副專員緩緩地開腔：「各位，這都不是大家想見到的情況。」

我望向副專員：「現在時間爲 07：00，都快過去七小時了，你是否還決定不向市民公佈消息?」

「我忍夠你了，」吳議員站了起來：「你裝甚麼正義之士，爲甚麼這麼想公佈消息!?想公佈，你自己公佈飽好了!」

「好!」我望向吳議員，我忍夠了這位看風使舵的無賴：「你要繼續護短，隨便你!」

「我正式退出『EMSC』，並會用盡我的方法向公眾公佈災難消息!」

拋下這句後，我頭也不回地離開會議廳。

這時候的我，怎會想到事件日後的變化?我想也想不到，我會因這個決定而失去一個很重要的人。

在多年後的一夜，我驀然回首，如果讓我再選擇，我還是會下這個決定嗎?

第三章

第三章

我一氣之下離開會議廳，走到街頭，我也不知道自己要往哪裡走，抬頭看，天空又光了點，但四周都瀰漫著一種淡藍色。

我撥了電話給苡晴，她接電話，以著緊的聲線回話：「喂，你安全吧?」

「我安全，但我們就不太安全了。」我嘆了口氣，再解釋剛發生的事，包括警員 Derek 從藍陰霾外撥回來的電話，到「一哥」派警員到藍陰霾外等等。

「那我們應該怎辦好?」苡晴問。

「我也不知道，但我想直接向市民公佈所知的消息，」我說：「找適合的場地、時間、器材，召開災民大會。」

「好，」苡晴回應：「我們電話聯絡吧!」然後她就掛線了。

我看看手錶，時間是 07：10。經過一夜的奔波，我有點疲倦，也很餓，所以我決定先回家，洗個澡，吃點東西，順道看看區內的情況。

我途經位於元朗喜地商場的一間唱片鋪，見到鋪面的鐵閘像被人強行打開一樣，斜斜歪歪的。我本來迅速走過了，但腦海中突然閃過一個念頭，我停下腳步，回頭駐足數秒後，彎下腰，避開半關的鐵閘走進唱片鋪。

店內有點凌亂，有些唱片散落在一地，明顯有人曾闖進來，但沒有進行太大的破壞便離去。店內並沒有店員，燈光亦不通明，只僅僅夠我看到店內的情況。

我嘗試找「外語歌手」的一欄，並開始逐一翻找唱片。

沒錯，我想找的，是《No More "I Love You's"》那隻唱片，也即是失蹤的警員在藍陰霾外致電他的未婚妻時，最後哼的那首歌。

唱片太多，我找了好一會兒都未能找到，突然，從背後傳來一把聲音：「你在幹甚麼!?」

我轉過頭，是一位男生，大約十七、八歲，我猜他是這間唱片鋪的店員。

「對不起，請不要誤會，」我舉起雙手，語帶內疚：「我只是想找……」

「你，你是張議員?」男生認出我，我舒了一口氣，原來平日掛在街頭的橫額，除了給人加鬍鬚之外，還眞的有點作用。

「抱歉，我見沒有人，而鐵閘也給人破壞了，所以我才自行進來。」我道歉。

「不，我不介意，這裡的老闆是我爸爸。」男生一邊執拾地上的唱片：「加上，現在不會有人想偷唱片吧?」

我笑著回應男生：「謝謝你，我很需要找一首歌，名叫《No More "I Love You's"》。你這裡會有這隻碟嗎?」

「如果是其他唱片鋪，未必有，」男生笑：「但這首歌，可是我的珍藏！」

男生走入收銀處後的房間，不消一會兒，男生手上多了一隻唱片。

「Annie Lennox 的《No More "I Love You's"》，是 1995 年的作品，有點冷門，」男生問：「怎樣？要播給你聽嗎？」

我點頭：「要！謝謝你！」

男生取出 CD，把它放入收銀處旁的 CD 播放機，我看著 CD 在透明的播放機蓋下徐徐轉動，然後，店鋪內響起這首歌：

「I used to be lunatic from the gracious days
I used to be woebegone and so restless nights
My aching heart would bleed for you to see
Oh but now...
(I don't find myself bouncing home whistling buttonhole tunes to make me cry)
No more "I love you's"
The language is leaving me
No more "I love you's"

Changes are shifting outside the word

(The lover speaks about the monsters)

I used to have demons in my room at night

Desire, despair, desire... SOOO MANY MONSTERS!

Oh but now...

(I don't find myself bouncing home whistling and buttonhole tunes to make me cry)」

歌曲完結，男生按下暫停鍵：「怎樣了，這首歌，」男生很聰明：「有特別意義？」

「不知道。」我聳聳肩。

「《No More "I Love You's"》，中文譯名是《再沒有「我愛你」》，」男生想了一想。

「Annie Lennox 是前女子組合 Eurythmics 的主唱。這首歌的內容指歌者的男友離開了她，然後她抱怨歡笑遠離了自己，她還失眠了。到了一個晚上，有很多妖怪來纏著她……」

「甚麼?」我插口：「歌詞裡指的妖怪是……?」

「妖怪就是妖怪，我也不清楚……」男生疑惑。

「麻煩你想清楚一點，」我懇切請求：「這段歌詞，可能與我們正面對的災難有關。」

「除了曲風比較怪異外，」男生皺眉頭：「我想不到有更多的意思了。」

「不要緊，我也只是猜猜而已，」我說：「這張 CD 可以借我嗎?」

「沒問題，你記得還我便可以了。」男生很友善，我感激地接過 CD，便離開唱片鋪。

在步行回家期間，我見到街上的秩序凌亂，有人群聚集，有人急步在走，有人像醉倒在地上。秩序未算失控，但暴亂像是會隨時發生的事情。

電話在此時響起，我接聽，電話另一邊是把女聲：「喂?」

我感到奇怪，聲音不算太熟悉：「妳是?」

「我是辛巧培。」原來是元朗民政事務處聯絡主任，她有協助「EMSC」運作。

「是，有甚麼事?」我才離開了「EMSC」一小時，有甚麼事可以發生?

「我想告訴你一個消息，你正被警方通緝。」

「吓!?」我有點傻眼：「我被警方通緝!?」

「是，剛剛『EMSC』的議決，爲免引起重大公衆恐慌，警方會趕於你向市民公佈消息前拘捕你，如無意外，現在已經有警員趕至你居住的地方。」

天啊，警權真的無限大，拘捕要公佈消息的議員，卻不調查亂下命令而導致人命傷亡的警務處處長。

「就我的身份，不應向你透露太多消息。」辛巧培誠懇地說：「但我覺得你是一個有心人，無非想大家安然渡過這次災難。」

「嗯，謝謝妳，」我感激：「明白，我會小心避開警方。」

「你小心點，我希望，」她笑言：「你能成功公佈消息，迅速平定混亂，並找出應付災難的方法。」

我道謝，掛線後，我吸了一口氣。

現在我的敵人，除了神秘的藍陰霾，還有陰霾範圍內的近百位警員。

不消一會兒，我已回到所居住的樓宇下，我躲在隱蔽處，看見幾位警員在我的家樓下徘徊。

「看來我很難成功避過警方回家。」我心想。

我轉身，打算另找地方躲避的時候，豈料迎面而來的就是一位軍裝警員。

我瞪大了眼，正以爲自己小時候，玩捉迷藏的技能沒有退步之際，怎會想到遊戲未開始，我已經被抓住了。

正當我打算拔足逃跑之際，那位警員卻輕聲叫住我：「不用太驚慌，記得我嗎?」

我感到疑惑，那位警員遂說：「你可以叫我『楊乃』，數小時前，你才在超級市場門前救了我。」

原來是處理超級市場那場混亂，遭近百位市民包圍的那位警員。後來我和阿 Mark 到場，幸能把一觸即發的衝突化解於無形。

「剛剛謝謝你，全因你那段說話，邨內居民有互相傳話，過去數小時，朗庭邨的秩序尚算良好，而超級市場也成爲有秩序的補給站。」

要感激的，怎會是我？應該是每位市民，尤其是願意在災難中互相扶持的人。

「不，我只是大膽地搏一搏，最重要，還是要靠你們維持秩序。」

「一哥剛下命令，要我們放下手上所有工作，」他昂頭看看我身後正徘徊的警員：「以拘捕你爲首要任務。」

「我知道。」我苦笑。

「你最好找個室內的地方躲避，不然你這樣在街上遊走，不出一小時，你應該已身在警署了。」

「多謝你，我會想想辦法，」我問：「還有其他最新消息嗎？」

「我只是普通警員，接 Order 便工作，」楊乃想了一想：「但據聞警署內有同事正收集炸藥。」

「炸藥？」我不明白：「用來幹甚麼呢？」

「這個我也不知道了。」楊乃回應：「現在也不是適合討論的時間呢。」

對，我現在最需要做的事，是躲藏。

「張議員，你待我引開他們後，你就往反方向離開吧！」話畢，楊乃向我家樓下的方向走過去，走了幾步，他回頭問我：

「你有信心，能帶領群衆捱過這次災難嗎？」

「我不知道，」我笑言：「但陰霾總會散。」

他笑，然後便走向那些在徘徊的警員，我也趁機離開。

不能回自己的家，也不能去和我住同一棟樓的阿鈞家裡，這時，我還可以往哪裡走呢？

我肚餓，也有點累，就這樣徘徊在朗庭商場附近，見到有麵包店打開門，並貼著告示：「免費，排隊拿，最重要是有秩序。」門外正有市民排隊，我的肚咕咕作響，於是我走近想拿個麵包，豈料有警員走近，我唯有立即轉身，低頭離開。

怎麼想吃個麵包也這樣困難，眞夠慘。

我慢步走到朗庭邨內的一個較隱蔽的公園，這時候的公園空盪盪的，我就這樣坐在公園裡較邊的位置，勞碌了一整夜，我根本沒有坐下來好好休息過。

我打電話給阿 Mark，可是久久也沒人接聽，兩三次都未能接通後，我放棄了。

我把身子挨後，嘆了口氣，感到很累，但我想趁此時整理一下事件，正想沈思之際，旁邊突然傳來一把聲音：「唉聲嘆氣有何用?」

我被這把聲音嚇了一跳，再循聲音傳來的方向看，原來是一位正在耍太極的伯伯。

這位伯伯是何時進入公園的?公園只有一個入口，我進來時，公園可是空盪盪的。

「你好，伯伯，」我保持禮貌：「你何時進來的，怎麼我看不到你?」

伯伯繼續自然地耍著他的動作：「你不細心看，又怎會看到端倪?」

我皺眉，心想：「甚麼?我不細心?」

「凡事有因便有果，」伯伯一個慢的起手式：「要解決果，就要找出因。」

聽後，我疑惑，怎麼伯伯的說話像若有暗示：「請指教。」

「有些事，看似好卻是壞，」伯伯正作一個提腿的動作：「外表是誰，或不是誰，心腸好壞才是重點。」

我心裡嘀咕：「在說甚麼啊？這是誰都知道的事吧？」

豈料，伯伯竟說：「正是誰都知道，反而沒人懂倒過來看。」天啊，這位伯伯竟知我心在想甚麼？

我忍不住向伯伯發問：「請問你是……？」

眼前的伯伯到底是誰？

這時我的電話突然響起來，我的視線自然落在屏幕上，然後我再抬頭看，伯伯竟忽然消失了。我環顧四周，是空盪盪的公園。

他突然消失了，就像根本沒有存在過一樣，但他剛剛的幾句，卻讓我很深刻。

電話繼續在響，我先接過電話：「喂？」

「你還能撐得住嗎？」

是她。

在這個我倦極的時候，竟聽到她的聲音，我的眼頓時紅了。

是啊，怎麼妳會知道我快撐不住的？

我苦笑一聲：「這刻，我正被警方通緝。」

若喬在電話另一邊靜了數秒：「你在哪裡？」

「黃色公園。」我回應。黃色公園這個名字，住在朗庭邨的朋友都會知道，我們有不少人小時候，都會來這個公園玩耍。

「好，」若喬說：「你留在原位等等我。」

我感到奇怪，但回了一聲「好」，約十分鐘後，若喬急步來到公園。

我看到剛步入公園的她，她的視線也剛剛落在我身上，我們兩人在對視的這剎那，世界好像靜止了。

我們有多久沒見過面了?怎麼沒見三年，妳還是這樣熟悉?

若喬先走近我，在她的袋子拿出些東西，向我說：「來，先戴著它。」我看看，然後失笑。那是甚麼?原來是眼鏡和假鬍鬚。

「你一定不能回家，先來我家暫避吧!」若喬逐一拿出讓我暫時易容的道具：「你看看，這是眼鏡，這是假髮，還有老人家的面具，全是萬聖節時買的裝飾品。」

「我家人剛去了旅行，我的家方便……」若喬停住了，因爲，在她眼前的張諾懿，正哭得人也在震。

我不愛哭，但忍了三年的淚水，一次過爆發出來。

「三年前，」我吸了口氣，嘗試忍住眼淚：「對不起。」

我不會忘記，三年前我是如何傷害她的，而這個曾被我狠狠傷害的女孩，現在竟然冒著危險來幫這個落難的我。

有誰，會在你最脆弱的時候，不問任何問題直接想辦法幫你?

「傻瓜，現在不是哭的時候，」但其實她的淚也在眼眶裡打轉：「你要越過重重人群和警員，才能成功到我家。」

我好不容易才止住眼淚，若喬向我遞上易容的道具：「來，戴著它們。」我應了一聲好，然後易容起來，不能太誇張，只需要讓人不會一下子認出我便可以了。

「怎樣了?」我戴了眼鏡、假髮和假鬍鬚後問若喬，她笑：「除了我之外，我想連阿鈞也認不出你了。」

「謝謝妳。」我笑，笑得很苦澀。

「成功到達我家才再說吧。」若喬吐吐舌頭：「現在，要靠張議員的演技了。」

我苦笑，然後和她一起出發。若喬跟我說，現在邨內每座樓的地下都有警員駐守，我們要避開警員的視線，然後循樓梯向上走。

「邨內的秩序還可以嗎?」我邊走邊問，若喬說：「暫時還可以，起碼我到超級市場，能成功取得一份『防災包』。」她向我展示「防災包」，內裡都是罐頭、水和藥物等等。

「鄰居說，有個『議員仔』在跟進，稍後會公佈消息，我聽後忍不住笑了。」若喬笑我。

「笑甚麼?」我抗議：「這是用膽量換來的穩定呢!」

「知道你叻了。」若喬好懂我的孩子氣：「要準備回家了。」

我看看，原來我們不知不覺，已步至若喬的家樓下，而樓下的大閘旁，正有警員駐守著。

「來，」若喬跟我說：「慢步進入大堂。」

我們並肩一步一步走入電梯大堂，我的心跳得很快，若喬反而來得比我自然。在進入大閘經過警員的一刻，那位警員突然開腔：「等等。」

我給嚇了一嚇，心想：「這樣也能認出我?」

「甚麼事?」若喬回頭問。

「你們剛去了哪裡?」警員問。

「哦，」若喬輕鬆地回應：「剛去了超級市場拿『防災包』，你看?」

若喬向警員展示「防災包」，並笑著說：「幸好有你們協助，秩序才不致於大亂。」

警員看過若喬手持的「防災包」後，視線停留在我身上，我不自然地低下頭來。

「他是誰?」警員的語氣帶著懷疑。

我的心頭猛跳，若喬這個時候笑得更自然：「他是我叔叔。」

「抱歉，」若喬用手勢，裝作與警員說秘密，輕聲地說：「他有點智力障礙，所以不擅與人溝通，請包容。」

「智障?」我心裡嘀咕，但又要配合若喬，於是對著警員說：「你好，警察叔叔!」

我的聲音有點誇張，警員笑笑：「乖。」然後他跟若喬說：「附近太危險了，妳還要照顧妳叔叔，盡量留在家中，等待我們的指示吧。」

若喬笑著回應：「對，對，謝謝你。」

然後若喬扶著我的手臂，繞過電梯大堂，循樓梯往她在二十一樓的家走。梯間有不少人都在頻密地上落，我不敢作聲，只垂下頭，由若喬拖著我的手，帶我上一層又一層的樓梯。

終於來到若喬家門前，關上門的一刻，我和若喬懸在半空的心才安定下來。

我和若喬靠在門後，喘著氣，然後，我發現我的手，仍然緊緊地拖著她。她有點尷尬，輕輕甩開我的手，然後，她對著我笑：「叔叔。」

「妳還好說，」我漲紅了臉：「這個仇我一定要報!」

「好，我等你。」若喬先走進廚房：「等我一會，你先坐坐。」

我在梳化坐下來，一閉上眼已經很想睡，不理了，我先睡數十分鐘也好。然後我睡了不知多久，就被一陣香味弄醒了，原來若喬煮了一碗熱騰騰的公仔麵，剛剛放在我眼前的餐桌上。來到我手的時候，我已忍不住狼吞虎嚥起來。

「慢慢吃。」若喬細心的性格沒變，公仔麵落了我最喜歡的桂林辣椒油。

我把麵吃完了，若喬入了廚房拿東西，我忽然留意到沒關門的若喬房間，在房內的書枱上，仍然放著我送她的相架。

那一刻，我的心一陣刺痛。

若喬走出來，我立刻把視線移到別處。她向我遞上可樂，我「咕嚕咕嚕」地喝了幾口，若喬看著我，沒有問甚麼。

「怎麼不問我事件的情況？」

「你應該還想多找一個人來。」

我笑，若喬果然好了解我：「對，我想找阿鈞。」

電話裡，我們吩咐阿鈞沿途小心，如何避開警方的耳目等，十五分鐘後，阿鈞已來到門前。

「張議員，」阿鈞邊脫鞋，邊挖苦我：「短別八小時，怎麼你會變成通緝犯呢？」

我納悶，怎麼阿鈞會知道我被警方通緝?這時，他已經拿出了一張有點皺的紙：「你看看。」

我接過紙張，吃了一驚，紙上寫著：「通緝!緊急!任何人等見到此人(張諾懿)行蹤，請立即與警方聯絡，」最要命是最尾的一句：「此人與我們現時正面對的窘況有關。」

區議員，一夜間成爲了通緝犯。

阿鈞苦笑：「這是我見過最簡陋的通緝通告，明顯是時間不足，趕急印製。」

「此人與我們現時正面對的窘況有關」，好聰明的一句，通告沒說爲何要通緝我，但看過通告的市民，應該會直線認爲，現時的災難與我有關，甚至是我一手造成的。

「這張通告正張貼於區內各處，」阿鈞判斷：「你的對手，想置你於死地。」

置我於死地?

「應該是吳紹星議員的意思吧?能先封著我的口。」我評估：「他們想阻止我公佈消息。」

如果我現在走到街上，看過通告的市民，很容易加入追捕我的行列。

我轉個話題問阿鈞:「現在區內情況如何?」

「出乎意料，未有太大的混亂，大家都知道有事情發生了，也知道警方封鎖了區內某些地方，警方暫時控制朗庭邨的秩序，勸喻居民留在家。」

「那到底是怎麼的一回事?」阿鈞忍不住問，他指整件元朗遭封鎖的怪事。

於是我從八小時前的地震與爆炸說起，從啓動「EMSC」，到現在我遭警方通緝，整個過程，我全都告訴了阿鈞和若喬。

「那你現在打算怎麼辦?」若喬語帶擔憂。

「我不知道。」我沒有頭緒，的確事件發生得太急，我也只能見步行步而已。

這時候，電話響起，我接聽:「喂?」

「喂，張諾懿嗎?」

「是，我是。」

「我是鄭楚橋。」

鄭楚橋是香港大學物理學系副教授，正於災區內的他，曾與我和阿 Mark 到藍陰霾邊緣視察，後來我和阿 Mark 要趕到朗庭邨，他主動要求留在藍陰霾邊緣繼續研究。

「是，鄭教授，情況怎樣了?」

「沒太多頭緒，觀察了一夜，我只能界定這近乎不屬於人類所認知的現象。」

曾親眼觀察藍陰霾的我，也難以形容這現象，就算跟我說這是外星人所爲，我也不會抹殺這可能性。

「但是，我有一個想法。」鄭教授說。

「教授請講。」

「想法不算太具體，但我認爲這藍陰霾的出現，總會有起始的地方。」

「起始的地方?」我不明白。

「對，就如著名的大爆炸理論，如果要研究宇宙起源，我們要回到最初的地方。」他補充：「所以若果我們要研究眼前的藍陰霾，則須要找出它起始的地方。」

我聽後，腦裡忽然閃過些念頭：「啊!」

「怎麼了?」鄭教授問，而坐在我旁邊的阿鈞和若喬都奇怪地望著我。

「我可能知道這藍陰霾最初出現的位置。」

「在哪裡?」

「南生圍，元朗的南生圍!」

我回憶災難發生的一刻，和阿鈞趕上屋邨天台，那時候深藍色的陰霾，剛好在元朗區擴散，而起始點正好在元朗南生圍的上空。

那麼，藍陰霾的起始點會是南生圍嗎?

「教授，我想在南生圍或許會有線索!」

就在此時，忽然「轟」的一聲，我們三人來不及反應，一轉身，發現有人撞開了大門，走進來的是警員，還有「一哥」郭振雄。

一時間，塵土飛揚，事情發生得實在太快，他們的人數衆多，我們三人迅速被制服。

「你以爲你能逃得掉嗎?」郭振雄趨前，以一個詭異的笑容問道。

「你想怎樣?我犯了甚麼罪?你有何資格拘捕我?」我回敬。

「資格?」他面不紅，氣不喘:「我可是警務處處長，我沒資格，誰有?」

他向警員們命令:「帶返警署!」

他們竟然連若喬和阿鈞也要帶走，我氣上心頭:「郭振雄!你拘捕我就好了!與他們何干!」

我激烈掙扎，亂打亂撞之際，不知從何處來的一記重擊，狠狠擊在我的後腦。我身子一軟，眼前一黑，四周的聲音像愈來愈遠。

然後我失去意識了。

過了不知多久，我緩緩醒來，意識回來後，首先是被重擊的後腦，劇痛萬分。我摸摸痛處，發出了輕微的呻吟聲，旁邊傳來一把聲音：

「阿諾，你醒了嗎?沒有事吧?」是若喬的聲音，她的聲音來自隔鄰的房間。

現在我才好好看清楚自己身在何處，這裡應該是警署的羈留室，爲獨立收禁犯人而設計，只有鐵造的欄。

「我沒有事，若喬，妳還好嗎?」

「我沒事，放心。」若喬回話。

「對不起，眞的很對不起!」我很內疚，如果不是我接受若喬的幫助，她收留我，這刻我和她又怎會被關在這裡?

「傻瓜，不用道歉，是我要來找你嘛。」

「不，不，」邊說，我的眼淚邊忍不住落下：「對不起，是我自以爲是，一次又一次累妳受苦，這次是，三年前也是!」

內疚，足以殺死一個人。當你以爲幹些好事，存些好心，說些好話，就能掩飾過去所做過的錯事，原來這只是騙自己。無論你裝得多偉大，你還是面對不了那陰暗的自己。

誰想到，這男孩和女孩的重遇，竟會在三年後的一場災難中?

「對不起，對不起，對不起啊……」我哭得像小孩般，眼淚一發不可收拾，多年來都未如此哭過，這些眼淚不因外傷落，而是源於內心深處的內疚。

「別哭，來，給我手。」若喬在鄰房說，她嘗試把手透過鐵欄伸過來，牆身很厚，她的手未能觸及我房間的鐵欄，我立即也把手伸出去，務求捉緊她的手。

我和若喬都努力地把手伸向對方，結果勉強觸碰到，手指勉力緊扣到。

這時候，我的臉貼著牆，我想若喬的臉也是，她緩緩地說：

「無論怎樣，我也會站在你那邊，所以，請你千萬別放棄。」

「如果我們這次能成功逃出去，那麼我們再去那老地方，好好吃一頓，好嗎?」

雖然她看不見，但我滿臉淚痕的點頭：「好!好!我們約定!」

突然，一陣嘲諷的笑聲傳至：「你還能走出去?」

我回望另一方，有一個人正步過來，沒錯，他是郭振雄。

「我當然能走出去，還要告訴群眾，現時擔任指揮的警務處處長是怎樣的草菅人命!」我抹抹臉上的淚痕，悻然回應。

「他們的性命與我何干?」郭振雄回應得很輕鬆，我差點忘了他是警務處處長，而警員們是他的下屬。

「與你何干?這是人命!而你是警務處處長!」我傻眼，然後破口大罵。這是甚麼鬼話?你討厭我，也不代表你能漠視冒險向外界求救的警員的性命。

然後，他帶著詭異的笑容半蹲，隔著鐵欄在我耳邊說了一句話：

「誰說，我是警務處處長?」

聽後，我呆了，然後我瞪大眼看著他，眼前這常在電視裡看見的中年男人，的的確確是警務處處長——郭振雄。

他的話是甚麼意思?

「你……你到底是誰?」我很詫異，詫異到極點。

郭振雄維持那詭異的笑容，我正想回話之際，忽然遠處傳來另一位警員的聲音：

「處長，處長!」

「甚麼事?」他立即換了個表情來回話。

「請你快來，有市民正在警署外!」警員在遠處，邊說邊跑近。

「嘖，豈有此理。」郭振雄站起身子，向我說：「你等著瞧。」

話畢，他離開，我豈能讓他就此離開：「等等！等等！你到底是誰！」我捉緊鐵欄猛撞，但任我多用力，鐵欄也沒移動半分。

他到底是誰？到底發生了甚麼事？這時候，一陣喧囂聲在很遠處傳來，估計應在警署外邊，靜心聽，會聽見有人手持大聲公在說話。

「聽聽！」我向若喬說，我倆都立時靜了，細心聽聽那微弱的聲音在說甚麼。

「我聽到了！」若喬說，「他們在喊『釋放張議員！釋放張議員！』」

我也在聽，然後我也聽清楚了：「是苡晴的聲音！她是我的助理！」

苡晴用了甚麼方法號召群衆來，我實在不得而知，但是這聲音的確是她，大概是她知道我被拘捕了，然後想辦法帶同街坊來聲援，以聲浪來判斷，人也不少。

這時候，羈留室的走廊盡頭傳來開門的聲響，正當我以爲是郭振雄回來的時候，原來不是他，而是阿 Mark！

「你都算厲害了，張議員，」他拿出鎖匙，邊開啓我羈留室的鐵門，邊說：「警署外面現有過千人聚集，要求警方放人。」

門開啓了，阿 Mark 續說：「當中不少市民，是昨夜凌晨在超級市場跟你對峙過的人。」

「吓?」我隨即走出羈留室，同時立即轉向右面的房間，看見若喬，太好了，幸好她沒有受傷。

「對，是你助理的功勞，她號召街坊來聲援，令警署大部分警力被調配在外，我才能悄悄來這裡放你走。」他開啓了若喬囚室的門，我立即衝進去，緊緊擁抱著她。

這一擁，我眞的不想放手了。

「好了，留待離開後去吃頓好的來慶祝，現在要快離開。」若喬在我耳邊作提醒。

「對啊，這裡不安全，你們快隨我離開再說!」阿 Mark 還不忘拿回我的手機:「來，你的手機。」

正當我們要起步離開之際，忽然傳來略帶悲慘的聲調:「喂喂，還有我啊!」

循聲音方向回望，才發現阿鈞被關在另一羈留室，阿 Mark 連忙去開門，我傻眼:「怎麼這麼久，你也不發一言?」

「主角在說話，我怎能插嘴?」阿鈞懷著被欺凌的語調:「我們還是快點走吧!」

我們一行四人，急步離開羈留室，愈往外走，愈聽得見人群在警署外聲援的喧囂聲。

「我們要快些往停車場去，那裡有警車!」阿 Mark 邊跑邊說。

我們終走出建築物範圍，此時天色很差，藍陰霾的情況好像更嚴重了。既近若遠的群眾叫囂聲，忽然遭數下「砰」的聲音所掩蓋，我頓一頓：「是甚麼聲音?」

「砰」的數聲過後，是群眾四散的聲音，還是阿 Mark 的經驗豐富：「是催淚彈的聲音!」

「催淚彈?」我來不及反應，阿 Mark 已示意不要停步，我心裡很亂，郭振雄竟發射催淚彈驅散群眾?

我們一行四人終跑到警車旁，正想登上車之際，遠處傳來喝叱：

「你們別動!」

我回望，原來又是郭振雄。雖只有他一人，但他竟拔槍指著我們的方向，距離不算遠，如果他開槍，我們定必逃不了。

「快進車廂!」阿 Mark 喝道，我們立即打開車門，我先讓若喬進後座，豈料，槍聲在這時響起。

郭振雄竟然真的開槍了!

但這時候顧不了那麼多，我們還是擠上車，門未關好阿 Mark 已立即開車，引擎發出了咆哮聲，往警署停車場出口疾馳駛去。混亂期間，我好像不斷聽到槍聲，但已顧不了那麼多，阿 Mark 甚至往停車場的防撞欄直奔!

「大家坐穩!」隨即是重重的撞擊，車子衝破圍欄，往馬路疾馳。

驚魂甫定，直至視線離開了警署範圍，我們才敢鬆口氣。

「郭振雄瘋了，竟然真的敢開槍!」阿 Mark 邊駕車，邊咒罵。

「幸好我們四人都沒有事。」坐在前座的阿鈞說。

我轉過頭望若喬，正想看看她有沒有受傷，豈料我感覺座位上有點洇濕，再看看，原來是血。

我再望向若喬，發現她的面色白如紙，表情很痛苦，她的肚子正血流泉湧，血甚至已滿滿染紅她的白襯衣。

「若喬!」我震驚，甚至不懂如何反應:「若喬!妳怎樣了?」

我連忙脫下外衣，按住若喬的傷口，「阿 Mark!去醫院啊!」

「不行，醫院在陰霾外，不能去。」阿 Mark 回話:「我們找診所醫生吧!」

我六神無主，方寸大亂:「那怎麼辦，那怎麼辦!?」

這時候，若喬用手輕輕撫我的臉，聲調很虛弱:「別急……別擔心……」

我急得哭了，連忙捉著若喬的手:「我在!不用怕，我在!」

「還記得……我們約好在哪吃頓好嗎?」若喬勉強地擠了個微笑。

「我記得!我記得!」我淚流披臉的:「三年前，我們約好的，吃三文魚，吃果木烤牛，」

「吃蠔……吃牛奶雪糕……」若喬愈笑愈虛弱:「我是否太貪吃了?」

「才不!」我勉力把彎下來的嘴角牽起:「我們現在就去，好不好?」

「好……」

「……」

「若喬……?若喬……?」

「……」

車子停在公路旁，附近杳無人跡，我抱起若喬，再緩緩來到路旁的一棵樹下坐下來。

「阿諾，節哀。」阿鈞在旁輕輕說，我沒有理會，彷若一息間老了十年。一小時前，若喬還在鄰房鼓勵我，然後我倆冰釋了三年來的前嫌，約好了如果能逃出去，我倆就一起去慶祝。

但相隔一小時，若喬躺在我懷裡，一動不動。她走了，而令她失去性命的人，是我。

如果沒有這場災難，如果我沒有致電給若喬，如果若喬沒有來幫我，如果，很多個如果，但怎也不會是現在這樣子，我心愛的人死了，而我心愛的人是我害死的。

我害死了我心愛的人。

這時候，阿 Mark 步向遠處：「讓我掘一個坑，可讓她好好躺在這。」

「不，我不要，我要繼續在這裡陪她。」我有點失神地回應。

「阿諾，別傻了，她死了……」

我激動地打斷阿 Mark 的話：「我！不！要！」

我站起來，歇斯底里地說：「我不要！我不要！我不要！我不想再維持甚麼區的甚麼秩序！我不要！我不要啊！」

「我只要若喬回來！當年是我親自趕走她的，她終於回來了，但卻又因我而走了！」

「總之我甚麼都不要，甚麼都不要啊！」

這時候，阿 Mark 一拳揮在我的臉上，力量不輕，我被打倒在地上。

我躺在地，撫著臉，阿 Mark 很兇：「你瘋夠沒有？」

我一咬牙：「未啊！」一個勁兒衝向阿 Mark，與阿 Mark 扭打起來，不消一會，我已經被他壓在地上，然後他向我的臉揮拳。

「別打了好嗎！」阿鈞在旁也不知怎處理。

中了兩拳，我勉力掙扎，以膝撞開他。我立時轉個身子，像瘋了般衝向他，「煳」的一聲，我反過來壓住他，正想揮拳之際，他高喊：

「你有力氣向我揮拳，怎麼不好好想怎對付郭振雄？」

我呆一呆，他續說：「若喬死了的事實不會變，既是如此，你要自暴自棄多久？我好不容易把你救出來，現在說不定我也被通緝，而你竟然在此發瘋？」

我的拳還握著，但已失去打他的意欲，我站起來，邊行開邊失笑：「怎麼對付？現在圍繞我們的藍陰霾，又不知是甚麼鬼東西！郭振雄現在是警方指揮，有槍有警隊，怎應付？」

「這不代表你可以在這裡發瘋，若喬會喜歡見到你這樣子嗎？」阿鈞在旁說，我聽後，頓然靜了。

如果若喬還在，她會怎麼樣呢？她一定不想看見這樣子的張諾懿。

四周瀰漫著陰沈的藍，我回望依著樹而坐的若喬，她好像只是靜靜在休息，那一刻，我忽然覺得，要接受她已走的事實。

不應該讓她再受風吹雨打了，讓她好好躺在這裡，是我唯一可替她完成的事。

阿 Mark 和阿鈞協助我，好好把若喬埋葬在黃土下，我們在附近找來了一塊木板豎立於此，以便稍後回來尋找。

一切安頓過後，阿 Mark 說：「要做的事還有很多，包括對付郭振雄。」

此時，我腦海忽然閃過些事情，是那位在公園的怪伯伯所說的話：

「外表是誰，或不是誰，心腸好壞才是重點。」

外表是誰，或不是誰？

在羈留室，郭振雄曾經說：「誰說，我是警務處處長？」那麼，他是誰？

「郭振雄，郭振雄不是郭振雄！」我好像捉到點甚麼想法。

「你說甚麼？」這時候到阿 Mark 搞不懂我說甚麼。

我把剛剛於羈留室，郭振雄的那句「誰說，我是警務處處長？」，告訴阿 Mark 與阿鈞，他們聽後，眉頭一皺。

「他不是郭振雄，那麼他是誰?」阿鈞說，「這說法也太詭異吧?明明就是他，怎會不是警務處處長?」

「沒有任何根據，怎提出這如此大膽的假設?」阿 Mark 說。

我默然，在此時忽然想起了點事，摸摸口袋，拿出了那隻 CD。

「是甚麼來的?」阿 Mark 問。

「這是我今早經過唱片店找到的 CD，是那警員 Derek 在陰霾外曾哼的那首歌《No More "I Love You's"》。」

阿 Mark 拿過 CD，檢視了片刻：「你覺得他不只是以歌留遺言?」

「不知道，沒有目的，我只是直覺覺得要找來這 CD。」

這時候，阿鈞忽然說：「你們看看!」

「看甚麼?」我問，阿鈞指著 CD 封面：「你看看這張 CD 的封面。」

「沒甚麼特別，還不是一張普通的 CD?」

「不，你看看它的專輯名!」阿鈞說。

阿 Mark 隨即翻過 CD 的封面來看看，封面除印有歌手 Annie Lennox 的樣子外，還有專輯的名字：

「《Medusa》。」

我皺眉：「Medusa?」

「甚麼?Medusa?」阿 Mark 反應很大。

「我不明白，可否說人話?」我未明白。

「Medusa，美杜莎，希臘神話裡的蛇髮女妖。」阿鈞作簡單解釋：「傳說任何人直視她的雙眼，都會變成石像。」

一說到這，我們三人都頓然靜默了。

「Medusa，美杜莎，希臘神話裡的蛇髮女妖。」

我感受到心跳在加速，這是甚麼意思?難道現在我們正面對的災難，會與希臘神話裡的蛇髮女妖有關?這會不會太荒謬了?

在藍陰霾外的警員 Derek 冒死也要傳回來的遺言，不只是一首歌，而是歌背後的關連，他喜歡這歌手，自然能記得這首歌收錄在《Medusa》這專輯裡。

還是阿 Mark 先開腔，勉強地「哈哈」兩聲：「好了，別說笑好嗎?這一點也不好笑。」

「不，阿 Mark，或許我們需要再大膽一點，」我感到呼吸在加重：

「如果，我說如果，如果警員 Derek 在藍陰霾外，遇上了超出我們認知範圍的怪事，他看見了蛇髮女妖，然後他拼命回報，是爲了讓我們知道正面對的敵人是……」

「別再說了!」阿 Mark 激動地打斷我的話：「這怎麼可能?這怎麼可能?神話故事的人物，怎會存在於現實中?」

我留意到阿 Mark 的手在震，明顯是未能接受這假設，但我堅持繼續推理：「你應該知道第一隊警員突破藍陰霾的情況吧?」

「知道，當然知道，李 Sir 致電回來的錄音，我聽過好幾遍了!」阿 Mark 未平復，語帶激動。

「那麼，這不正是解釋了部分的現象嗎?」我平靜地反問。

阿 Mark 是聰明人，他當然明白我所指，我大膽假設：

「假設美杜莎眞的存在，那麼李 Sir 一隊人裡，有些人先因不知名的原因而停止動作，再到有警員被李 Sir 觸碰時碎了手，這或許能理解成是石化的過程，然後到李 Sir 跑回來求救的時候，石化的情況也繼續發生，最後到他也不能再移動了。」

我一口氣說完後，作結論：「因爲，他也被石化了。」

原因愈荒謬，或許才能解釋眼前的荒謬。

「神經病!神經病!現在是甚麼時代了?怎麼還言之鑿鑿地確立鬼神的存在?」阿 Mark 甚是勞氣。

「但如果我們遭遇的事件，眞的與此有關呢?」我也不服氣：「不要第一句就說沒可能，元朗被藍陰霾封鎖，本身就已經是沒可能發生的事吧?」

不，如果這樣說，元朗或許不是被封鎖了，如果在陰霾外面有人被石化，那麼還能留在這範圍內活動的我們，豈不是倖存?

「我們不是被封鎖，而是『被倖存』，我們難以向外求救，因爲，」說的時候，我也感到害怕：

「發生災難的地方，不是元朗，而是陰霾外的世界!」

話畢，我們三人面面相覷，我感到整個人像忽然浸在冷水中，一種不寒而慄的感覺湧上心頭。

這是很可怕的推測，我們一直想向外邊求救，設法聯絡其他區，但原來我們根本不是被封鎖而是倖存，那麼我們還應該要怎樣做?

「別傻了，我不相信!」阿 Mark 斬釘截鐵：「甚麼美杜莎，本身已經是胡說八道，鬼話連篇了!」

我還想爭辯下去，但遠方傳來一些聲音，我們循聲音的方向望過去，單憑聲音，難以判斷是甚麼。

「糟糕，應該是追兵!」阿 Mark 推斷，「快上車!」

阿鈞和應，隨即上車，看到站在原處的我，叫嚷：「阿諾，快上車!」

我凝望放在樹下，那一塊刻有記號的木牌。

「若喬，等我。」然後我別過臉，就上車。

車子疾馳而走。

忽然，不知從哪裡吹來的一片花瓣，緩緩飄落，落至若喬安息的木牌附近。

然後頃刻間，四周也寂靜了。

破曉前

第四章

第四章

在車上，阿 Mark 問：「那我們應該往何處去？須知道陰霾覆蓋的範圍並不廣闊。」

「去南生圍。」我回話：「南生圍或許有答案。」

被警方登門包圍前，鄭教授與我的通話裡，提起此藍陰霾總有起始的地方。無獨有偶，在災難發生的初期，我站在屋邨天台，看見南生圍的上空，藍陰霾正如滴在水中的水彩般擴散。

南生圍會是藍陰霾災難的起始點嗎？我不知道，但爲今之計只有親自去一趟，才能解開謎團。

此時我才稍閒看電話，屏幕上顯示十數個未接來電，是苡晴，所以我立即回撥給她。

我回電，但撥了數遍都沒人接聽，阿鈞察覺我擔憂的神情：「怎麼了？」

「苡晴沒有接電話，不知她那邊的情況怎樣了。」我擔心。

「兵荒馬亂，她或許未能接電話。」阿鈞說。

苡晴是因爲我被困，才號召群衆到警處去，郭振雄下令施放催淚彈驅散群衆，現場必定混亂萬分，而我竟未能趕赴現場，這令我更加內疚。

「現在不是擔心的時候，你們看。」阿 Mark 遙指遠方，即南生圍附近一帶，原以爲這時候會杳無人煙，豈料有不少警員在佈防。

「區內的警力已嚴重不足，爲何還刻意派員來這裡?」阿 Mark 推斷：「南生圍，果然有古怪。」

我們在離南生圍遠遠的位置停車，再徒步到南生圍，愈走近，發現佈防的警員愈來愈多，直到核心區邊緣，我們在路邊的長草叢中蹲下來。

「比想像中更多警員。」阿 Mark 壓低聲線。

「怎樣辦?這樣子我們難以進入南生圍。」阿鈞問。

警員於南生圍的數個入口處佈防，明顯不讓人走近，有甚麼原因，驅使郭振雄在警力快耗盡前，也要命令警員來這裡?

看來，南生圍會有這場災難的線索。

「阿諾，記得我們小時候玩捉迷藏的策略嗎?」阿 Mark 問。

「你想怎樣?」我猜到阿 Mark 想幹甚麼，「不要，太冒險了!」

小時候，我們常在公園徘徊，其中一項最常跟其他孩子玩的遊戲是「埋周」。遊戲像捉迷藏，被捉到了固然輸，但只要避開負責捉的那個人，去到指定位置，大喊「埋周」即代表勝利，而阿 Mark 通常都會引開其他人，讓我抵達安全位。

「捱過這一關，我們約定再打一場波。」阿 Mark 笑言，我還來不及阻止，他已經站起身子，向駐守的警員們大叫：「我是施紀風!處長在找的人!」

話畢，他隨即向他處跑去，駐守的十數位警員，大部分都朝他的方向追。

而我和阿鈞則繼續躲在長草叢裡，直至急速的腳步聲掠過，再待了好一會兒，我們才從草叢裡走出來。

「阿 Mark，你一定不能有事。」我心裡暗忖，隨即與阿鈞繞了一個大圈，躲過餘下數名警員的耳目，成功進入南生圍的核心區。

其實來這裡幹甚麼，我沒有方向，但正如鄭教授所言，凡事都有起始的地方，故來到藍陰霾起始的位置，或多或少會找到這場災難的真相。

「你看看!」阿鈞指著前方，即南生圍的大草地：「好像有點不妥!」

我與阿鈞加快了步伐，直至看見南生圍的大草地，我們不禁倒抽一口涼氣。

眼前的大草地，嚴格來說已不是草地，而是一個接近兩個足球場般大的地洞，地洞的面積驚人，我一時間難以想像，這面積的洞是怎麼形成的。

「這到底是甚麼回事?」阿鈞呆住了，「怎樣才能形成這現象?」

「我不知道，但這一定與藍陰霾有關。」我心跳在加速，過去十多小時所面對的怪事因何而出現，或許在這裡會找到答案。

「你看看那邊，」阿鈞指著巨型地洞的中心位置，「深藍色的那裡!」

眼前的巨型地洞，勉強形容像一個被抽乾了的湖，而地洞的中心位置有些深藍色的物質，介乎水與陰霾之間的東西，一時間難以形容。

我正想再看清楚點，豈料一不小心，一失足，然後便從巨型地洞旁的斜坡跌了下去!

「阿諾!」我好像隱約聽見阿鈞在叫我，但我根本回不了話。斜坡的傾斜度甚高，我以急速滑下去，除了雙手抱頭以保護自己外，我根本沒法減速，然後整個人都沈入那深藍色的水陰霾裡。

我感到自己像跌進水裡，但又與水不太像，我在想:「我死定了。」這時候腦海閃過些零碎的片段，我想起若喬，或許就這樣結束吧，讓我陪陪若喬也不錯。

就在這時候，我身邊的景物突然起變化了。原本包圍我的水，頃刻散開了，然後有一個像氣泡的東西，把我整個人都包圍了。四周由深藍變成白色，而我連同氣泡都在緩緩下沈。

是甚麼的一回事?我死了嗎?這裡是天堂?還是極樂世界?

「你還未死，別蠢好嗎?」忽然有一把聲音響起，我循聲音的方向望去，而氣泡也剛好著地，四周甚麼也沒有，只有白濛濛一片。

遠處有一位伯伯向我步近，我認得他，他是我在朗庭邨公園遇上的怪伯伯!

「我不是怪伯伯，你可以有點禮貌嗎?」怪伯伯表情嚴肅地說，但他怎麼能知道我心裡在想甚麼呢?

「我當然知道呢，所以請你別在心裡亂說話，例如怪伯伯之類。」

「是，怪伯伯，」這刻我腦裡的問題可多了，不知從何問起，但怪伯伯已開腔：

「我知道你想問的問題很多，請耐心點，你很快會明白。」

「我想問到底是怎麼一回事，首先，你是誰?」

怪伯伯摸摸他下巴的白鬍子：「好，第一個問題，我是誰?」

「嚴格來說，我不是誰。」

我皺眉：「不是誰，那是甚麼?」

「是一種意識，而我則以你能理解的形態出現，方便我跟你溝通。」怪伯伯說：「你大概猜到你們正面對甚麼敵人了?」

我頓了一頓：「你說『美杜莎』?」

「嗯，那可見你已有準備，」怪伯伯「呵呵」一聲，笑言：「有些人，一旦遇上常理難以解釋的事情，就會選擇不相信、不接受。但你多不相信、不接受也好，事情已正在發生。」

「其實我到現在也不相信，美杜莎是希臘神話裡的妖怪，她不應該存在，怎麼可能出現，甚至出現在現世的香港?」

「神話看似虛構，但當中有些是眞正發生過的，而有些則沒有流傳至後世。」

「美杜莎雖不太與你們人類的神話記載切合，但她的確出現過，爲了化解她帶來的災難，我們決定封印她。」

「封印?」我只看過《火影忍者》，對封印的認識僅限於此，「你們不會把她封印在香港吧?希臘神話的時期，這裡可能還是一片海洋。」

「我們沒把她封印在地球，而是把她封印在某一顆隕石裡，再投向宇宙。」

天啊，我一下子實在難以理解。畢竟十多個小時前，我還在香港一個小小的辦事處做地區工作，然後十多個小時後，你跟我說，你曾封印蛇妖美杜莎在隕石裡，再投向宇宙。

「這件事讓你難以接受嗎?但抱歉，事情的確如此。」

「只有瘋子才能理解這些事，對不起，我是一個正常的香港人，我不懂。」

「香港，還正常嗎?」怪伯伯反問。「很多時候，不是你不想面對就逃避，你始終要面對現實。」

我一時無語，他續說:「可是，那顆封印了美杜莎的隕石，不知是甚麼原因，重新墜向地球，最後墮於元朗，也即是南生圍這裡。」

「然後她的封印被解除了?」我推斷。

「不，隕石於數百年前墜落於這裡，當時封印未被破壞，而隨年月過去，隕石也漸漸藏在南生圍的地底。」

原來元朗一直藏著這樣的一個秘密，我忍不住問:「怎麼延至數百年後的今天，她的封印才出問題?那爲何獨獨是元朗沒有事?」

「當每個封印被破解的時候，都會有一個短暫的安全區，就像風暴裡的風眼，外邊的風雨多強也好，風眼內都平靜如水。」怪伯伯語帶憂心:「可是，風眼也不代表永遠安全，」

「美杜莎正設法破壞它。」

「美杜莎不是神話裡的妖怪嗎?她要破壞，誰阻止得了她?」

我忽然想起最初與阿 Mark 和鄭教授到藍陰霾視察時，在陰霾中看見那個拉長了的炭黑人影，我正想發問之際，怪伯伯已回話:

「她並非你想像中能呼風喚雨，但她能夠做的事，是迷惑人心，挑動人與人之間的矛盾。」

「挑動人與人之間的矛盾?」我不明白。

「最穩固的堡壘，是從內部擊破的，」怪伯伯續解釋:「她不能破壞封印的安全區，就只能運用人與人之間的猜忌、恐懼和權力達到目的。」

「你意思指……」我忍不住驚呼:「啊，我明白了!」

「『美杜莎』是郭振雄!」

怪伯伯點頭:「對你們來說,這是何等荒謬的事情,如果第一次就跟你這樣說,你會接受得到嗎?」

對,活在常識框架中的我們又怎能接受眼前的警務處處長,是由希臘神話的蛇妖幻化而成?但這正好解釋爲何他剛好在安全區內出現,而且爲何掌權後不重視警員的性命,向市民施放催淚彈,甚至對若喬開槍。

因爲,他根本不是警務處處長!

他根本不是人類,又何須要照顧人類呢?她幻化成處長,是方便她能迅速奪權,再運用權力達成她的目的。那麼她的目的是?

「那我們應該要怎麼辦?是否有甚麼法寶可收服她?」《西遊記》裡有不少情節,不就是拿個甚麼葫蘆,然後就可以收服甚麼妖怪嗎?

「又或是像某些傳說般,拿面甚麼鏡子,讓她石化自己,就能幹掉她?」

「不,我沒有甚麼法寶,也沒甚麼鏡子可給你。」怪伯伯說。

「吓,那應怎麼辦?」要應付的是妖怪,我可沒有甚麼方法:「我們只是普通人,怎敵得過這力量?」

「眞正能收服她的,不是甚麼法寶,」怪伯伯頓了一頓:「而是人心。」

怎麼這時候還給我猜謎了?我續說:「我不懂,太虛無了。」

我不懂，我現在是要直接拿到消滅她的武器，而不是說甚麼大道理。「說白一點好嗎？我只需要知道如何消滅她就可以了。」

「有些事情，不是直接給你答案就能解決。」

「但是……」我還想追問甚麼，但四周忽然震動，我感覺快要離開這場景，像一個夢要結束前的崩塌。

朦朧間，我好像感覺到有人在拍我的臉。

「醒醒，醒醒啊！」

我緩緩張開雙眼，視力漸回復，發現自己正躺在地上，旁邊是阿鈞。

「你嚇死人了，怎麼能這樣子滾下去？」阿鈞說：「我費了好大的勁才能把你救上來。」

我撐起身子，緩緩看看四周，才憶起自己身處南生圍的大草地。在失足前，我跟阿鈞發現這裡的巨型地洞，然後就到我跟那位伯伯對話。

「我又看見那個伯伯了！」我跟阿鈞說：「那個伯伯向我解說了整場藍陰霾的來由，還有美杜莎！」

我跟阿鈞說了美杜莎被封印至隕石，再墮至南生圍，然後美杜莎怎樣幻化成警務處處長云云。

阿鈞聽後，靜了片刻，然後說：「阿諾，是否你發夢而已？我一下子聽不懂這麼多怪事。」

「那你相信我所說的事嗎？」

阿鈞頓了一頓，再吸口氣：「相信。」

「這麼多年來，你哪次說的事，我會不相信？」

我感激：「謝謝你，眞的。」

當你面對逆境的時候，眞正的好友都會無條件地支持你、相信你。

這時候，電話響起，我接聽：「喂？」

「張諾懿。」

這把聲音是？

「你以爲你能逃得掉嗎？」

是郭振雄。不，是僞裝成警務處處長的美杜莎，她竟然在這時候直接聯絡我。

「誰說我會跑掉？我還得要找你報仇，」我回敬：「美、杜、莎。」

她頓了一頓，再笑得詭異：「我太看輕你了，張議員。」

「不敢當，誰想到神話故事裡的人物會出現，還跟我在通電話呢？」

「有誰會相信?副專員?警員?市民?」她回話:「難道你告訴大家,神話裡的美杜莎出現了,她先讓其他地區的人陷入石化,現只欠元朗?」

「妳扮人也扮得頗像,」我語帶嘲諷:「難怪已沒甚麼法力可言的妖怪,就只能披著人皮來號令天下。」

「你說夠了沒有?」我聽得出她的怒火快要爆發,我再說:「就像妳致電給我,也代表妳未能找到我吧?不然怎會使用人類的通訊裝置,這和妳妖怪的身份不相襯。」

「張諾懿,你果然是我復活後最討厭的人類,」她暗笑:「但別得意,你猜誰在我身旁?」

我怔了一怔,她把電話遞到旁邊:「來,說句話?」

「阿諾?」

「苡晴?」我反應很大:「苡晴,妳怎樣了?」

「阿諾,眼前這個處長並不是處長來的!他是……」電話又被搶走,我急得瘋了:「苡晴!苡晴!」

「怎樣了,張議員,怎麼你如此不冷靜了?」美杜莎重接電話。

「美杜莎,妳想怎樣了?妳討厭的人是我,不是其他人!」

「對,所以你最好乖乖來到我面前受死。」

「其他人會容許妳這樣做嗎?別忘記還有『EMSC』、副專員和其他部門的人，不容許妳亂來。」

「正正是這樣，在收服這最後的地方前，我最想你死!」她發出的笑聲很難聽：「你的屍首將會掛在警署的大門前，以警告其他人勿造反，看你多重要?張議員。」

我拿著電話，一時間不知道可以說甚麼，對手是希臘神話的人物，現警權在握，苡晴還在她手上，根本佔盡上風，但我口舌上不能輸給她。

「我當然重要，我還要好好招呼妳，最起碼妳至今捉不到我，妳也不知道我甚麼時候會突然出現。在古時妳敗過一仗，妳今次也一樣會慘敗，這是妳的宿命。」

「張諾懿!!」她果然很容易被激怒，我聽得出她對古時被斬殺再封印的經歷耿耿於懷，她續說：「好，你即管看我怎樣毀滅這最後一個區!」

話畢，電話就掛斷了。我吸了口氣，再望向身旁的阿鈞，他大概也知道甚麼事：「嗯，準備好打這一場仗了，好像比你的選戰還要難打，」他還懂開玩笑：「因為失手是會死的。」

我苦笑，擁有一位知道陪你去就會死，但還是會陪你的兄弟，實在無憾。

我看看手錶，時間是 17：30，即距離元朗遭神秘的藍陰霾隔離後已經十七個小時，阿鈞問我：「那麼下一步怎麼辦才好?」

下一步怎麼辦，我自己也很想知道，我想了一想：「留在這裡的作用不大，我們先回朗庭邨看一看，我有點擔心。」

想起剛剛在電話裡聽見美杜莎的語氣，她好像已有所行動了，這令我感到相當不安。

「我知道有一條小路，從這裡回到朗庭邨很方便，不用途經市中心。」阿鈞道。

我回了聲「好」就起行，和阿鈞離開南生圍的核心區，循陸路回到朗庭邨，這刻也沒太多的計劃，打算先回阿鈞的家暫避，再想想下一步的行動。我們繞路而行，路途有點迂迴，但沒有辦法，這時候還是保險一點爲佳。

可是我們發現一個奇怪的情況，因爲一路上，我們竟然一個人也遇不上，甚至聽不到一點人聲。雖說我們選了一條較偏僻的小路，但實在不至於沒有任何一個途人。

步行了差不多二十分鐘，我和阿鈞回到了朗庭邨附近，大概是邨尾的位置，我們仍然是一個人也未遇見到，市面實在平靜得太詭異了。

「怎麼連朗庭邨都這麼平靜了？災難狀態，人們理應都聚集在街道上吧？」阿鈞說。

「對，實在太平靜了，」我皺眉頭：「好像整個區的人都消失了一樣。」

這時候，忽然「砰」的一聲，我和阿鈞都給嚇了一嚇，循聲音的來源望去，我們終於看到人了，從他們身上穿的制服看，應該是警察吧？但爲何要估計呢？因爲這兩位身在遠處的警員，正拿著槍指著我和阿鈞的方向。正當我在判斷自己有否看錯之際，他們再開一槍，沒錯，是再一槍，因爲剛剛「砰」的一聲，正是他們向我們這方向開槍的聲音，我甚至看見他們對我們開的第二槍，因射失而擊在附近棄置鐵板上所產生的火花。

「他們是向我們開槍嗎？」阿鈞問，語氣來得非常輕鬆。

「不用問吧？」我抓起阿鈞的衫角：「逃命要緊！」

我才不要站在原位給他們當標靶，不理是甚麼原因，還是先趕緊逃跑，保住性命要緊！

我和阿鈞都起步逃跑，我聽見接連的槍聲，不用問都知道子彈往我們這邊發射吧？我和阿鈞跑入朗庭邨的範圍，正當不知道往哪裡逃跑的時候，我忽然看見有人在向我們用力揮手。

那個人戴著面巾，看不見樣子，正站在一座公屋大廈的大堂門前向我們揮手，旁邊則是打開了的大門。

這時候甚麼都不理了，我和阿鈞拼命向那個人跑去。背後的槍聲不斷，我和阿鈞近乎是飛撲般躍進大堂，那個人隨即關上大門。

這時候，我身後忽然有一把聲音響起：「誰！？」

我和阿鈞頓時給嚇了一跳，回頭看，是幾個戴著面巾，手持長棍的男子。我盯著他們，一時間不知怎麼反應，他們卻比我先開口：「張議員?」

我一臉不解，盯著他們，帶頭的男子除下面巾：「是我啊，凌晨帶頭在超級市場取物資的那個人。」

他這樣一說，我就記起了。他帶頭鼓動居民去超級市場搶物資，後來他爲自己的行爲感抱歉，我跟他化敵爲友。

「啊，原來是你!」我跟他說。

他蹲下身扶起我：「張議員，這裡不好說話，警員見到你會殺掉你的，你先跟我們上樓躲躲吧!」

「殺掉我?」我怔住了，他回應：「對，已經有些人犧牲了。」

「吓?有些人死了?是哪些人死了?是怎樣的一回事?」我的反應很大，他用手拍拍我的肩安撫我：「對，所以我們不能再失去任何一個人了，來，先跟我們上去再說。」

我們身處朗庭邨寶庭樓樓下的後巷，後樓梯剛好在不遠處，我跟阿鈞隨他與幾位男子沿樓梯上到九樓，再轉到走廊盡頭的單位前，帶頭的他敲門時用了些暗號，然後門隨聲而開，我們迅速就進入單位內。

一進入單位，門隨即關上。單位內聚集了十數人，大部分是男士，他們正圍站枱邊開會，一看見有人進來，再看見進來的人是我，全數人都靜了下來。

「張議員?」其中一位老者看著我，好像有點難以置信般問，我看著他，點點頭，然後室內的人一片譁然。帶我去到單位的男士，他的名字叫阿鏗，他跟我說：「張議員，或許你不知道剛剛數小時所發生的事，讓我們慢慢告訴你。」

「這裡是?」我第一個問題聽起來有點傻，這裡不就是一個公屋單位嗎?但我知道這一刻，這個單位是另有作用的。

「這裡是我們的臨時基地，以應付警方進一步的攻擊。」老者跟我說，我留意到枱上的正是朗庭邨的地圖，他們用紅筆圈起了部分位置。

「警方的攻擊?是怎樣的一回事?」我感到很奇怪，警方怎會攻擊居民?

「不如由群眾到警署的一幕開始說起吧，」阿鏗說：「張議員，你應該知道那件事吧?」

「我大概知道的，警方施放了催淚彈?」當我被警務處處長下令拘捕到警署後，苡晴與不少居民到警署外，高喊口號，要求釋放被拘捕了的市民，當中包括我。在我逃離羈留室的一刻，我聽到一些槍聲，估計應該是施放催淚彈之類。

「警方不單是施放催淚彈，」阿鏗說時很神傷：「他們向群衆開槍，有平民中槍，情況很嚴重。」

我聽見的時候呆住了，完完全全的呆住了，阿鏗續說：「有部分警員顯得很錯愕，大概是驚訝怎麼有人用實彈射平民，然後出手阻止，甚至扭打起來，一時間非常混亂。」

阿鏗吸了一口氣：「跟我一起去的兩位朋友，他們都中槍了，有一個應聲倒地，我有試過扯他的手逃走，但不成功，我另一位朋友也受傷倒地，他向我喊：『阿鏗，快走!』，然後……」

他說時哽咽起來，我拍拍他的手，以示給他安慰，他繼續說：「我慌忙地找了地方躲藏，我實在不能判斷現場有多少人中槍了，我甚至想像不到警員爲何會開槍。我看見出手阻止的警員並不及後方在開槍的警察多，沒多久，就靜了下來。」

在室內的我們聽到這，全都靜默了，阿鏗說：「警署門前頓然變成了戰場般，很多人受傷倒地，然後我看見在後方開槍的警員整齊地收隊，那時候或許因槍戰過後，現場煙霧瀰漫，而他們的動作……他們的動作……」

「我知道這樣說有點奇怪，但他們的動作很像一隊機械人，整齊得很詭異。」阿鏗吸了一口氣：「我看見在煙霧裡十數個人步伐整齊地回到警署後，才敢稍爲走上前尋找部分傷者。」

阿鏗續說：「沒那麼傷的就攙扶別人，我們現場也有上百人，總之就是先撤離現場，啊，我忘了說，帶領我們去的莊小姐給警員捉走了。」

我很緊張苡晴的安危，但我這刻只能盼美杜莎會用苡晴來威脅我，來換她暫時的安全。

阿鈞追問阿鏗：「那後來怎樣了?」

「我們都退回朗庭邨，你見這單位內的人都是到過戰場的。」阿鏗說：「在事件發生後大約一小時，警方就用揚聲器在邨內不斷廣播，宣佈元朗進入緊急狀態，實施戒嚴，命令所有居民不得在街上出現，不然會直接開槍。」

「戒嚴令後，居民都非常惶恐，回到單位裡暫避，所以現在街上沒有人，因爲大家都怕被槍殺。」

「戒嚴令實施多久了?」我問。

「應該都五個小時了。」

這時候，老者開腔：「張議員，是時候到你解答我們的疑問，到底元朗發生甚麼事了?」

我眼前的這一位老者，年紀雖大，但眼神卻銳利，我環顧單位四周：

「若我跟大家說一個荒謬至極的故事，未知大家會否願意聽?」

「願聞其詳。」老者來得很淡定。

於是我由元朗於凌晨被神秘的藍陰霾封鎖後說起，時間關係，我盡量說重點。當我把所知道的情況都告訴了在場的朋友後，大家都靜默下來，直至老者開口打破了沈默：

「即是說，我們敵方的首領是美杜莎?」

我感到奇怪，如此荒謬的故事，老者竟然問也不問就相信了?我說：「是，你相信我的故事嗎?」

「相信，當然相信，我當過兵，有甚麼怪事未見過?」老者看看單位內的衆人：「加上，再荒謬的事情，過去十數個小時已夠我們受了。」衆人聽見後都點頭表示同意。

阿鏗續說：「張議員，我們正策動反擊戰。」

「反擊戰?」我盯著地圖上畫的紅圈，大概猜到他們本來正在制訂計劃。

阿鏗有點激動：「我要他們血債血償!」

「我明白，」我說：「但總得要計劃好，現在我們能動用的人，除了在這單位裡的十多位朋友，還有多少人?」

單位內的人面面相覷，老者說：「暫時都在這裡了，只望發動攻擊時，身處其他樓宇的人能聽得見及響應行動。」

「我們沒辦法廣泛宣傳訊息，未能動員到在其他樓宇內的人。」阿鏗說。

我拿出電話來，想看看能否上網，或登入討論區等，卻發現電話已收不到任何訊號，阿鏗說：「網絡的訊號本來就不穩定，在一個小時前，甚至開始斷線了。這一刻，我們甚至連電話都撥不了。」

通訊都開始受阻了，沒辦法，因爲據現在所掌握的情況，除元朗市中心與朗庭邨一帶外，其他地方都已經淪陷了。若其他地方已被「石化」了，那麼某些機械在沒有人操作下僅能夠運作多一陣子而已。

我忽然記得曾看過外國的一個電視節目，主題是若然世界上的人忽然全消失了，那麼一個城市還可以運作多久？如果運作的標準是水、電和網絡供應等可以一直維持，那答案是這城市也只能短暫地運作。例如發電廠若好一段時間沒有人監控，部分儀器就會過熱，繼而爆炸，其爆炸有連帶性，最終波及整個地球。我大膽假設電訊設施亦是如此吧？所以陰霾過後，電話仍能使用好一段時間。

我站起身子，想走近窗看一看外邊的情況，有人立即提醒：「張議員，要小心一點，樓下有警員不斷巡邏的。」

我點點頭，再小心翼翼地觀察，我看到有些人躺在樓下的小路，一動不動的，我忍不住問：「他們是?」

阿鏗嘆了口氣：「數小時以來，爆發過大大小小的衝突，有警員曾使用實彈，你可想而知剛剛衝突時的情況?」

那代表著甚麼?那代表我看到躺在地上一動不動的，是屍體嗎?我瞪大了眼睛，張開口，驚訝得說不出任何話。

「你明白我們有多想報仇了嗎?」老者說。

「我明白，」我吸了口氣：「那麼我們更須要擬定周全的計劃。」

「問題是，單單是這房間的十多人，難以策動行動的。」阿鈞說。

「剛剛不少的衝突裡，其實有不少平民願意挺身而出，只是警方的攻擊太凌厲，大家又手無寸鐵，故紛紛被擊退，各散東西。」阿鏗說：「但我猜他們散佈在朗庭邨的各座樓當中。」

因網絡崩潰，實在難以與分佈於其他十四座樓宇的倖存居民通訊，我想了一想，忽然想到一個主意：「各位，請拿大家的電話出來!」

「幹甚麼?」阿鈞與其他人紛紛拿出電話，大家的電話仍然有電，除了因未能上網而節省了電力外，大家剛才應該也相當珍惜僅餘的電力。

我在我自己的電話設定了點東西，再請大家看看電話：「或許這樣子，我們能夠與其他樓宇的人簡單通訊!」

大家看看電話，恍然大悟，這方法的確能夠短暫交換訊息。

21：05，寶庭樓的天台。

「這方法眞的有用嗎?」這時候，阿鈞與我和其他人身在寶庭樓的天台，我苦笑:「不知道，但聯繫多一個居民，我們多半分勝算。」

現在時間是晚上，天色分別不大，仍然滲著那詭異的藍色陰霾，而且好像愈來愈濃。在大約兩小時前，我們透過電話發出了一個訊息，但未知有多少居民看到這訊息。我們現在被困在邨內十五座樓宇裡，只因在奇怪的宵禁令下，我們不能隨意上街，持槍者竟見人就殺。

看看手錶，時間已經是 21：10，我們望向對面幾座樓宇的天台，未見人影，看來方法無效吧?

老者說:「看來這方法不太奏效。」

我皺眉，在網絡崩潰以後，的確難於通訊，老者再向在場十數位人士說:「好，我們十多人就十多人吧，準備好物資就殺進警署去!」

眾人和應，打算離開天台之際，阿鈞忽然指向對面樓宇的天台:「大家看!」

我們向對面幾座樓宇望過去，看見對面幾座樓宇的天台上都有人，他們在揮著手，示意他們收到了訊息。

這通訊方法奏效了!

這個方法是甚麼?我嘗試開啓自己電話的「個人熱點」，然後更改我電話的名稱，因爲名稱可更改爲十數字，故只要有人同時在尋找網絡，就會看見我電話的名稱，也就是我們想表達的訊息。

同一時間，我們亦嘗試用 iPhone 的 Airdrop 功能，把訊息傳達給在旁邊樓宇裡的人。

我們的訊息是:「今晚九點，各座天台見!請轉達!」

這時候，有人取出電話看一看，再跟我們說:「他們有人用 Airdrop 回訊:『我們來了，下一步怎麼辦?』」

「好!」老者說:「我們慢慢通訊，再了解一下各座樓宇的情況!」

我們用這個方法開始與困在其他樓宇的人通訊，雖然很不容易，但至少我們能夠與各座的居民代表了解情況，而大部分的情況都相似。八小時前戒嚴和宵禁令實施，大家都被迫回到樓宇裡，走得稍遲的都被捉走或被槍擊。

「被捉走的人不知有多少，」我補充:「但他們應該都被帶到元朗警署，而警署的羈留空間不大，估計頂多拘留到數百人。」

阿鏗說:「還有被擊斃和受傷的人數也難以估計，但我猜大部分人都成功退回室內了吧?」

我說:「我們先繼續與各座樓宇的居民代表交換情報，務求盡快整理好各座樓宇內的情況。」

成功聯繫位於各座天台的代表後，他們便會立即吩咐身旁的居民走遍各層簡單匯報一下收到的重要訊息，以便讓樓宇內的居民知悉有人正提供協助。期間我們得小心翼翼，以免讓在樓下巡邏的持槍警發現。

經過一段時間並綜合各座居民代表的回應，我們得悉十五座樓宇裡都有被困的居民，而且人數不少。

然而，大部分居民均爲老弱婦孺，而行動自如的男士，全邨大約有數百名。

「只有數百人而已?」阿鏗納悶:「是否有男人躲起來，不願意出來作戰?」

「別怪他們，各有苦衷。」我說。

老者望向我:「那麼是時候要策劃行動了?」

我看看錶，現在是 22:50，即元朗發生事故後近二十三小時，想不到這二十三小時來竟發生了這麼多令人難以理解的怪事。先是元朗發生地震，再到民政署、區議會及各部門成立「緊急監援中心」;到警務處處長「一哥」出現，將我拘捕並囚禁，居民到警署拯救我而遭槍擊，若喬亦於逃跑時中槍身亡；到我遇見怪伯伯，他告訴我們正面對的敵人是神話中的人物美杜莎，而由美杜莎幻化成警務處處長指揮警員向平民開槍；到現在我們正策劃可能是以卵擊石的反擊……

這些事情只不過在短短二十三小時間發生。

我回過神來，答老者：「擒賊先擒王，我們要制訂一個周詳的計劃。」

現在的形勢，估計仍然可以活動的元朗市區範圍約三分之一，區內估計有約一百位持槍警員正執行「宵禁令」，但持槍者可能有更多，因爲據阿鏗所憶述，在元朗警署門外槍戰一幕，在霧裡有些動作非常怪異的「部隊」，數量未明。但可以肯定的是，元朗警署現時爲美杜莎的藏身之處，亦只有她才能化解現時的窘況。

我們再與各座大樓的居民代表通訊，大概掌握了現時朗庭邨內的警力分佈：每座樓宇下都有一位持槍警員把守，在邨內範圍大概有不超過十名警員持槍巡邏及廣播宵禁令訊息。這要感激各個留在家中而守於窗前的居民幫忙「報哨」，短短半小時，已整合好邨內暫時的警力分佈。

「邨內的警力如此薄弱?」阿鈞問。

「都屬正常，畢竟本來就只有約一百人的警力。」我指著朗庭邨的地圖：「我們要先集中邨內數百名手足到一個地方。」

阿鏗說：「那麼，我們要先突破這座大堂的警方防線。」

「怎突破?」阿鈞問:「警員持搶,但我們手無寸鐵。」

「要突破警方防線不一定要硬碰的。」老者走近來:「一個人把守,實在有太多破綻了。」

我笑說:「現在是凌晨十二時,他應該已經連續執勤二十多小時了。」

我們一行十數人,先各自回到不同的單位取有用的「武器」,回來集合時都令人忍俊不禁,菜刀當然少不了,但掃把及地拖棍是怎麼的一回事?還有阿鈞戴在頭上的「筲箕」。

我問阿鈞:「這是甚麼來的?」

阿鈞說:「你別理,擋子彈都是靠它的了!」

十分鐘後,我們一行十數人靜悄悄地沿樓梯到達地面大堂後的梯間。警力明顯不足,因我們只見到電梯大堂內有一名警員駐守。

我向阿鈞與阿鏗點頭示意,然後我依計劃繞路,由後樓梯走到大堂閘門前。此刻四周無人,就只有我眼前在保安崗位看似快要睡著的一名警員,他瞄到我,立即就醒過來,大喝:「你站著!」

話畢，他隨即衝出來並打開閘門：「你別動！」

我輕舉雙手，他同時已拔槍對著我，並非常謹慎地走近。就在他踏出閘門的一刻，阿鈞與阿鏗分別在閘門外的左右兩邊撲出來，其餘十數人亦一擁而上，迅速地把那個警員制服並壓在地上。

警員起初不斷掙扎，我們先把他帶回大堂，用繩索綁起他，過了一陣子，總算把他制服了。

當衝破了我們所屬的那座樓宇的警方防線後，我們迅即往鄰座支援。之前在天台我們已互通訊息，並制訂初步計劃：先制服邨內十五座樓宇下駐守的警員，並於邨內找地方集結。

結果計劃蠻順利，當我們協助了鄰座的居民後再趕往其他樓宇時，見陸續有居民都從其他樓宇走出來，我跟其中一位居民握手：「辛苦你們了。」

「不，議員你才是。」對方回話：「我們想盡快去警署救人。」

「我也是，」我拍拍對方的肩：「先找個地方集合大家。」

或許是因爲之前在天台制訂的計劃得宜，我們很快就聚集起十五座樓宇的居民，當中願意行動的男士都在朗庭邨的一個廣場集結起來。

不消一陣子，廣場就聚集起近千位居民，還未計各座在窗前正看著廣場的居民。

我們開啓了廣場的燈光，居民陸續走近並集合。或許是事件實在太過怪異，居民反而都非常冷靜，沒有我想像中混亂或吵鬧的場面。

「張議員，我們成功制服了在邨內巡邏的六名警員，居民還在巡視，應該沒有未被制服的警員。」一位參與行動的居民走來向我匯報：「同時我們亦安排了居民在各邨口把守，朗庭邨應暫時安全。」

「謝謝你。」我拍拍他的肩以示謝意，他續說：「我繼續與一些手足在附近巡視一下。」話畢，他就與數位居民再去巡視。想不到在患難的時間，大家都分工合作，而且非常具執行力。

這時候，一位男士挾持著一位被制服的警員來到，並把他摔在地上，那位男士非常憤怒：「就是他們捉走了我的家人!」我連忙伸出手：「冷靜一點，別這樣。」

其他居民連忙安撫那位男士，我先扶起那位被五花大綁的警員，他面上有傷，我望向阿鈞：「阿鈞，請給我一條濕毛巾。」

那位警員有點錯愕，我隨後替他鬆綁，同時給他濕毛巾抹抹面上的血。他此刻身上並沒有槍或警棍，加上廣場聚集了近千人，我估計他不會出甚麼花樣。

我看到他掛在身上的委任證：「李 Sir，我想你應該很清楚發生了甚麼事?」

警員姓李，我見他還會主動掛著委任證，應該都尊重自己的職業。我續說：「這裡有不少居民的家人被槍擊、被捉走，大家的心情你應該明白吧?李 Sir?」

他默然，然後緩緩開口：「議員，我們都只是聽命令行事。」

有人聽見後光火，一腳就踢往李 Sir：「聽命令?你們傷害和捉走市民啊!」

「別這樣!」我立即喝止，並指著他：「聽不聽我的話?」

那人悻然，退後了半步，我請李 Sir 繼續：「是警務處處長的命令?」

「是，當然是警務處處長。」李 Sir 說：「我只是聽命令駐守，不要讓暴動發生，我並沒有開過槍，也沒有捉過甚麼人。」

阿鏗插言：「你們都有獨立思考的，有沒有想過所謂的命令有沒有道理呢?」

李 Sir 說：「我們的訓練就是如此，上司命令下來，只要是維持社會安寧的，我們就得執行。」

阿鏗還想與李 Sir 辯論，我打斷阿鏗的話：「現在沒時間爭辯，救人要緊。」

我望向李 Sir：「李 Sir，現在我沒有充足的時間向你解釋，若我們遲一刻去警署救人，警署內被困的人就會多一分危險。」

李 Sir 還想反駁：「你們若然沒犯法，怎會怕被捕？」

「若然你們不濫權，我們又怎會怕被你們拘捕？」

李 Sir 頓時啞口無言，我沒有再與他說甚麼。

「張議員，那現在怎樣做才好？」阿鏗問我：「這裡近千人，當中有數百位男士都準備好了。」

我看看四周，這裡聚集的居民比昨日凌晨聚集在超級市場門前的人還要多，但大家都有一點慌亂，因爲大家都不知道到底發生了甚麼事，人心比較不穩。

我看見旁邊有一些鐵馬，遂搬來一兩個，其他居民見狀紛紛協助。我想借鐵馬來站高身子，希望在廣場內的人都能看得見我，並聽得見我接下來的說話。

我爬上鐵馬嘗試站穩身子，有居民迅速來到我身後的位置扶著我的腿部，以免我往後跌。當我成功站穩了身子後，阿鈞把從議員辦事處裡帶來的擴音咪遞給我，我接過咪，再看看在廣場的群衆，這一刻很奇怪，大家都變得非常沈默，就連在樓宇上從窗戶看下來的居民都寂靜無聲。

我拿著咪，沈默了片刻，然後向現場的群衆說：「各位，我知道大家有親人，有朋友，有街坊，這刻被困於警署內。」

群衆呼應：「對！」

我問大家：「如果我們想救人，就一定要團結，對不對?」

「對!」群眾陸續呼應：「救人!救人啊!」

「我知道大家都很擔心，但請聽我說，我們不能就這樣衝進警署，對方有裝備，有武器。」我努力讓群眾明白：「若然我們沒有策略，就只會重演今天下午到警署時遭擊退的場面。」

群眾裡有人喊：「那怎麼辦?難道要我們甚麼也不做?」

「不，我有一個方法。」我說：「但我需要大家絕對的團結，而且要依計劃行事，大家可以做得到嗎?」

群眾頓了一頓，再齊聲呼應：「做得到!」

「各位手足!」我向天舉起拳頭：

「我們反擊!」

群眾以磅礴的吶喊聲和應。

話畢，阿鏗協助統籌行動隊伍。我問阿鈞：「富生伯伯呢?」富生伯伯是剛才協助策劃行動並當過兵的老者，我想問問他的意見。

「剛才好像還在這裡，」阿鈞四處張望：「不知道他往哪裡去了呢？」

我看看錶，原來已經是另一夜的凌晨一時多：「不理了，我們先召開行動會議吧。」

我們召回剛才於單位策劃行動的居民，當然包括阿鏗，他亦帶來了其他樓宇的居民代表，就這樣我們舉行了一個數十人的中型會議。

「我們行動實在要快，因爲警方應該很快就會察覺朗庭邨有異樣。」阿鏗說：「我們制服了邨內駐守的警員，亦即是沒有警員會回警署匯報。」

「也代表我們時間有限。」

衆人點頭表示同意，這時候阿鈞拿來了元朗的地圖並鋪在枱面，以便我們了解地形。

「朗庭邨與元朗警署相距腳程約十分鐘。」阿鈞指一指地圖上的元朗警署。

「我們現在數百人就立即衝進警署救人，不就行了嗎？」有一位居民代表說。

「不，」阿鏗說：「警署附近一帶已在戒備狀態，基本上任何人走近警員就會開槍。」

「不，有一個人例外。」我說。

「誰？」

「我。」我答。

眾人聽後默然。

「對方想要的人是我，我掌握這位所謂處長的脾性，他是希望活捉我的，不然他不須要挾持我的助理來要脅我。」我解釋。

「不，這太危險了。」阿鈞說。

「若我們把戰場定在警署更危險。」我說：「就算我們數百人衝過去，對方只需要有數百顆子彈就可令我們全軍覆沒。」

「我們一定要把戰場帶到我們熟悉的地方去。」我續說。

阿鏗說：「你的意思是把警力從警署引出來?」

「對，」我續說：「我們要兵分兩路，一批引走警力，一批潛入警署救人。」

阿鈞問：「那麼要把警察引到哪裡去?」

我看一看阿鈞，再看一看在場的手足，然後指著地圖上的一處：「引來這裡。」

我指著的地方，是一個我們在場人士都非常熟悉的地方。

第五章

經過數小時前的激烈槍戰後，元朗警署一帶的街道雜亂無章，有不少仍在焚燒的火頭，環觀四周，見不到任何人。

我一個人揹著「大聲公」，緩步來到元朗警署對面的馬路。

幾道白光從警署內照射過來，應該是警察都喜歡使用的強白光電筒吧?我同時聽到警署內有人用擴音器喊：「停步!現在宵禁令正實施，警告你勿再前行，否則開槍!」

「我是張諾懿，是你們處長要找的人。」我用大聲公向對方喊：「如果你們開槍，我怕你們負責不來。」

話畢，對方沒有即時回應，看來前線警員都有點不知所措，正請示上司如何是好吧?大概過了數分鐘，我就聽見那一把我認識的聲音：「張諾懿，你竟敢自己送上門。」

對，那是警務處處長的聲音，不，應該是美杜莎的聲音。

「你不是要找我的嗎?郭振雄。」我回話：「我來了，我的助理呢?」

「你別擔心，我們是警察，又怎會傷害無辜?除了一些破壞社會安寧的暴徒吧?」郭振雄說：「只要你出現，就能夠解決現時元朗的窘況了。」

到了這個時候，他還不忘做戲給其他警員看，以合理化他實施宵禁令的做法。

「一人做事一人當，我來換走我的助理。」我說。

這句過後又是一陣子的靜默，沒多久，警署的側門打開了，我見到有兩名警員押了苡晴出來。

「各位同事，我們身爲警察就得要維持治安，就算是世界末日，我們都不能混亂起來。」郭振雄說：「大家見到，我們並不會傷害無辜，我們只會針對破壞社會安寧的人。」

看來美杜莎扮人類也扮得久了，知道怎樣能安撫軍心，但我這刻並不是要與她爭辯：「放她過來!」

警員放手，苡晴跌跌撞撞地橫過了馬路來到我身邊，我扶著她，看來她受了不少苦，我說：「對不起，讓妳受苦了。」

她搖搖頭：「不。」有點虛弱地苦笑：「爲了救你，值得。」

這時候，郭振雄下令：「給我抓住這個暴徒，張諾懿!」

話畢，十數名警員迅即從警署前門衝出來，準備立即拘捕我。

就在這時候，一架貨櫃車急速駛至，剛好攔在我們與警署之間。

車門打開，我連忙把苡晴推上車，而我則繼續留在原地，苡晴捉著我的手：「你呢?」

我笑一笑：「我們很快就會再見。」

話畢，我立即關上車門，貨櫃車同時開走。十數名警員相當錯愕，看來他們都料不到這刻忽然會有大型車輛駛來，當貨櫃車駛走的同時，我已經轉身拔足往後跑。

我甚至沒有回頭看有多少警員在追捕自己，只聽見十數下槍聲，幸好未有擊中我。我迅速跑到連接朗庭邨的天橋，身後仍有追捕我的警員。

「議員，你在哪裡?」阿鏗透過藍芽耳機問，有一位精通無線電通訊的居民協助，替我們的隊伍設定好一組無線電通訊網絡，我們均戴著藍芽耳機來保持聯繫。

「剛剛進入邨內範圍!」我邊跑邊說，聲音比較急促。

「你身後有十數名警員……不，有差不多三十多名警員追來，」阿鈞在其中一座樓宇的天台觀察:「與你相隔二百米左右而已!」

我跑至往地面的樓梯，槍聲再次響起，我甚至看見身邊的欄杆有火花綻開，但我這一刻只能一直往前跑，希望在到達目的地前不要倒下來。

我正跑往哪裡呢?

我推開門，阿鏗和其他手足同時接應，關上玻璃門後，我們連忙跑上樓梯。關門時，我們看見追來的警員快要抵達，我們連忙跑到三樓，並進入一間已預先準備好的課室，以應付接下來的狀況。

對，我跑進的是一間學校，這裡正是我小時候就讀的小學——東聲學校。

進入課室，室內有十數位手足。有人忙著弄無線電，有人忙著用電腦記錄，大家見我來到，知道我剛才是跑來的，連忙拿座椅來請我坐下來休息，我喘著氣問：「情況如何?」

「閉路電視看到約三十多名警員來到校門前，未進入校園，仍有零星警員陸續出現。」協助監察的居民叫建潮，他正是替我們設定邨內無線電通訊的那位朋友，是一位在網絡與通訊方面的高手。

「看來他們真的總動員了。」阿鏗問我：「依計行事?」

「對，依計行事。」我說：「我想郭振雄很快就到。」

不出所料，大約十分鐘後，警務處處長郭振雄進入朗庭邨，因現時被藍陰霾包圍的元朗，網絡及電話等通訊都漸失靈，若郭振雄要下達命令，必須親自來到現場。

在這個兵荒馬亂的時候，郭振雄還不忘換上軍裝，即我們平日所理解處長級人士所穿的服飾。當他來到現場的時候，衆警員還不忘向他敬禮。

在閉路電視裡，只見郭振雄跟幾名看似高級的警員在討論，建潮表示：「若他們一衝進校園內，我們立即就能知道。」在我跑來學校之前，建潮早已設定好校內的監測系統。

「好，」我雙手按在枱上：「現在就賭他們敢不敢進來。」

透過熒幕，我們凝視著他們的舉動。事實上，在這個混亂而警力薄弱的情況下，他們應該未有時間策劃甚麼，只能依他們最高領導人郭振雄的命令行事。

「有異動!」建潮喊，我們立即望向建潮眼前的那個熒幕，建潮說：「他們裝作留守正門，而約十數名警員正從後門進入校園，現正於雨天操場!」

「好!」我向課室內十數位手足發指令：「大家立即到各自的崗位，依計行事!」

十數名警員持槍靜悄悄地潛入校園內，瞬即沿樓梯往樓上的課室進發。

這時候，忽然有一人影從他們的身後跑過，他們來不及轉身，人已跑到上一層。

人影是誰?是從小就擅長在這校園裡玩捉迷藏的阿鈞。

「何 Sir，追上去?」一名警員向看似指揮的警員發問。

「分兩隊搜索，不要給他和我們玩捉迷藏的機會。」何 Sir 回話：「我就不信捉不到你。」

他們本來十多人迅即分爲六人一隊，一隊往上層走，一隊繼續在這層往前走。

「議員，他們兵分兩路!」建潮向我匯報，我說：「別慌，繼續依計行事。」

正追捕阿鈞的六人小隊，小心翼翼地行了兩層樓梯，來到四樓的美術室前。美術室的門正開著，帶頭的警員緩步走進去，餘下五名警員亦緊隨進內。

在熒幕前的我們屏息靜氣，我的手停在半空，當最後一名警員都進入美術室以後，我喊令：「就是現在!」

建潮同步按下按鈕，一個之前已佈置在美術室天花的繩網應聲而下，迅即把剛進內的六名警員都困在網內，繩網上同時裝有不少荊棘，令陷於繩網中的警員不能一下子掙脫出來。

警員明顯知道自己「中伏」了，然而一時間的混亂令他們措手不及，亦不敢胡亂開槍，以免傷及同僚。但同一時間，匿藏的十數名居民已一擁而上，迅即制服仍在掙扎的警員。

「做得好!」我緊握拳頭歡呼，課室內的手足同時輕聲讚好。

我們在剛才的行動會議策劃這一步，起初並不知道能否奏效，幸好協助的居民都神通廣大，包括設置遙距裝置的建潮、設置陷阱的高手，以及竟然在家中收藏如此大之繩網的街坊。

「議員，美術室內的情況暫時受控!」在美術室的居民用無線電向我們匯報，我說：「好，別鬆懈，我們要盯緊另一小隊的去向!」

「議員，他們剛進入禮堂，」建潮從閉路電視裡看見，續說：「若他們繼續往前行，就會來到我們現身處的房間。」

我們並沒有預計到警方會兵分兩路進入校園，故未有在禮堂設置如在美術室裡使用的繩網陷阱。

「那怎麼辦?」阿鏗問。

我頓了一頓，問建潮：「這裡應該有連接禮堂的音響?」

「你意思是你要跟他們對話?」建潮猶豫。

同一時間，六名警員已步至禮堂中央，各持手槍緩步進逼。

禮堂的擴音器忽然發出聲音，他們都立即戒備，向不同方向擎槍。

「是不是何 Sir?」我說：「我是張諾懿。」

何 Sir 很機靈，很快就判斷到我不在禮堂：「別裝神弄鬼，你躲在哪裡，我們都能把你找出來!」

「我知道你們一定能捉住我，」我說：「只是我想問，你們爲甚麼要捉我呢?」

「就是因爲你，元朗才亂成這樣子，」何 Sir 回話：「只要捉住你，一切問題就能夠解決。」

「眞的是這樣嗎?我眞的神通廣大至此，能夠令到元朗被藍陰霾包圍?」

「我不知道你怎樣辦得到，我只知道我的職責就是拘捕你，」何Sir說得咬牙切齒:「拘捕你這個暴徒首領!」

「何Sir，你認眞想一想昨日的怪異狀況，眞的可以由一個區議員引發出來?」我試解釋:「還是，你覺得一定要服從上司的命令?」

「你不用試著說服我，從你們帶暴徒到警署外開始，你們根本就覺得愈亂愈好!」何Sir說。

「何Sir，我猜你當警察也很長時間了吧?十年?十五年?」我問。

「我當了二十年警察，是人是賊，我懂得分!」何Sir嗆:「你別那麼多廢話，出來!」

「那麼你沒理由看不出你們所謂的警務處處長有古怪吧?」我說:「何Sir，你答我!」

從閉路電視中明顯看見何Sir遲疑，我再說:「誰下令用實彈對付平民?一定是郭振雄吧?」

「又，爲甚麼他可以不理你同僚的死活，派他們強闖藍陰霾，讓他們去送死?」

何Sir頓了一頓，再擎槍:「你別怪力亂神，出來!」

這時候，我放下咪高峰並往門口走，阿鏗捉著我的手：「你幹嘛?」

我甩開他的手：「放心，讓我出去。」

話畢，我奪門而去。我們正身處的房間，其實與禮堂的距離並不遠，相距不足一分鐘的腳程，很快我就已經站在禮堂門前。

何 Sir 隨即向我擎槍，我卻緩步往前，他隨即說：「站住，你再踏前我就立即開槍!」

我說：「其實你心裡有答案的。」

何 Sir 皺眉，我續說：「一個正常的處長不會這樣子下命令，就算外邊是世界末日，他也不應該不理你們的死活。」

我一邊說著，一邊舉高雙手，表示我並沒有攻擊的意思，同時緩步到何 Sir 面前。

「何 Sir，如果你真的要履行警察的職責，你應該要保護市民，」我沈著地說：「而非這個不正常的處長。」

何 Sir 擎槍與我對峙，他只要扣下扳機就可以完成他今天的任務，只是他應該也在猶豫，他這樣做真的正確嗎?

對峙好像維持了一個世紀似的，整個禮堂近乎只聽見我跟眼前幾位警員的呼吸聲。我相信在熒幕前看著這一幕的其他手足，都屏息靜氣。

結果，何 Sir 的一句劃破了寧靜：「收起槍。」

話畢，他就把槍收回在腰間的槍袋裡。

「何 Sir?」其他警員見狀還在猶豫，何 Sir 再道：「伙記，收起槍吧。」

其他警員猶豫過後亦陸續收起槍，何 Sir 踏前一步，盯著我：

「我不是相信你，」何 Sir 說：「我是不相信那個處長。」

「沒所謂，總之你明白就好。」我笑一笑：「其實你應該早就知道有不妥了。」

「那麼你可以告訴我真相是甚麼了……」何 Sir 的問題還未問完，恐怖的事情忽然發生了。

當其他警員陸續放下槍之際，有一個稍為站在後方的警員忽然整個人震動起來，同時發出一種很刺耳的聲音，我和何 Sir 與其他在場警員頓時被嚇倒了。

那警員的身軀震動得非常怪異，並發出一種很難聽的嚎叫聲，就在同一瞬間，他的身軀忽然變長了！

對，他的身驅變長了，除了這樣形容，我實在難以形容這一刻我們眼前的情況。那警員的嚎叫聲響遍整個禮堂，就在我們未能判斷這個「人」發生了甚麼事之際，他身上的制服就已被變長的身軀扯破。

我們見到的，是一個三十秒前仍是正常的人，三十秒後，卻變成一棵約九米高，像是被燒焦了的枯木。他的手和腳都變得長長的，全身枯黑，整個「身軀」都在不斷蠕動，而且身體周圍像在散發一種難以言喻的黑色霧氣。

我見過這個「人」！我記得最初與阿 Mark 及鄭教授到藍陰霾前視察時，我就在藍陰霾裡看到這個「人」！不，牠還是不是一個「人」？牠應該是一隻怪物了。

正當在場的我們全都被嚇壞的時候，那個「人」嚎叫一聲，同時牠枯黑的手恍如利刃往我與何 Sir 刺過來！牠的手恍如能伸縮似的，在牠所站之處與我們相距都有數米，但牠的觸手卻能一伸而至，而且強大有力。

可能是因為我曾經見過「牠」，於是在場最快能作出反應的人是我。我見首當其衝的一定會是何 Sir，本能地大喝一聲：「何 Sir！」同時我用力推開他，我們一同跌坐在地上。

我回頭，看見那觸手刺穿了禮堂的木地板，可見牠的攻擊力是何等強勁。我立即喝：「大家快躲起來！」

這時候，其他警員總算回過神來，隨即找掩護。而那隻枯木似的怪物繼續在禮堂中央位置以牠的觸手攻擊四周，攻擊力非常強勁，甚至有混凝土柱被擊至破碎，一時間，禮堂恍如戰場。

我和何 Sir 在旁邊找到掩護，我跟何 Sir 說：「你現在知道眞相是甚麼了吧？」

何 Sir 是訓練有素的警員，儘管眼前情況超出我們的認知範圍，但他總算明白眼前的敵人是誰：「這個『警員』，是郭振雄指派給我的。」

「看來處長眞的很照顧你。」我與他同時背靠牆身以作掩護，而怪物正於禮堂中央瘋狂破壞。

何 Sir 替手槍上膛，以牆壁作掩護向那怪物開了兩槍，但顯然未有對那怪物造成甚麼傷害。

「這是甚麼怪物來的？」何 Sir 問，我回答：「我哪知道？」

怪物的觸手向我這方向刺過來，我有點狼狽地在地上滾向另一邊。其他警員同時向牠開槍，但好像沒有多大作用。

「議員，那怪物好像不怕槍擊。」我聽見建潮在藍芽耳機的另一邊這樣說，我苦笑道：「我都知。」

我繼續躲在禮堂的角落，那怪物發起的攻擊顯然非常激烈，有警員的身軀被牠刺穿，再被牠用力揮至角落。我大吃一驚，連忙衝過去檢查那警員的傷勢，只見他腰間位置被刺穿，正大量出血。

「有警員受傷了!」我以耳機求救，說:「請負責救護的手足協助!」

「負責救護的手足正在前來，」建潮匯報:「議員，我們建議試用火攻!」

「甚麼方法也好，先來接走傷者，再想辦法!」說時，我繼續狼狽地躲避怪物的觸手攻擊。

「何 Sir!」我喊:「掩護我們!」

何 Sir 聽見，明白我想把傷者帶往禮堂正門，於是他隨即向怪物連開數槍，那怪物亦接著向他展開攻擊。我連忙把那警員的手臂搭在肩上，務求把他先送到禮堂正門。

這時候，禮堂正門亦打開了，協助救護的手足已趕到。這是我們之前於邨內召集的救護員朋友，以備這一戰役之需。

我近乎是把那位警員拖給他們，他們接應了，我連忙關上禮堂的大門，救護手足感錯愕，道:「議員，你不逃出來?」

「不!不能讓牠離開這禮堂!」我繼續關上門，說:「請盡快給我火攻的方法!」

話畢，怪物的觸手再攻過來，我連忙撲向另一個安全位置。

「議員!」有人在耳機另一端向我喊，我回話：「請講!」

「我們已準備好電油，只要你逃出來，我們可以立即燒毀整個禮堂!」

「一定要對準怪物!」我忙說：「不能傷及禮堂內的警員!」

這時候，我剛好再來到何Sir身旁，我跟他說：「我們準備用火攻。」

何Sir看看我，再點頭：「我們要設法牽制牠，你們快準備!」

「好!」我向耳機另一端的手足說：「已經準備好了嗎?」

「準備好了!」耳機裡傳來手足的聲音：「門外有二十位手足和四箱電油!」

「何Sir!」我連忙向何Sir示意，他意會，再擎槍瞄準禮堂天花的方向說：「我說三聲，三聲後，開大門!」

我見何Sir正瞄準禮堂天花的大風扇，我連忙向手足說：「我數三聲，你們同時開大門，向怪物倒電油!」

何Sir望向我，我跟他同時數三聲：「三、二……」

「一!」

何Sir開槍，擊中禮堂天花的大風扇，大風扇應聲跌下，剛好擊中正在發難的怪物。怪物明顯因受襲擊而嚎叫，牠同時望向天花的方向。

同一時間，禮堂大門被打開，多位手足衝進來，向怪物潑灑電油，有手足隨後擲出火把，怪物頃刻就被燒著了!

十數位手足這時從禮堂各個入口闖進來，拋出並接過繩圈，務求限制怪物掙扎的範圍，警員們接著向怪物開槍。一時間，怪物的嚎叫聲響徹整個禮堂。

十數下槍聲過後，仍在焚燒的怪物終於都倒了下來。牠倒地時，禮堂的地板震動了一下，可見牠的重量不輕。

大家頓時屏息靜氣，慢慢走近那怪物，牠的身軀仍燃燒著，我們未能判斷牠是否已經死掉了。

我想嘗試走近多一點，何 Sir 卻伸手攔著我說：「小心，由我來。」

他持槍趨前多一步，我見怪物的身軀仍在燃燒，但本來的枯黑色卻漸變枯白色，就像我們平日燒紙張化灰前的一刻。

何 Sir 走近那倒下的怪物，在與牠相距三步時停下，就在這平靜的一刻，那怪物忽然嚎叫並站起來，他立即被嚇到退後了數步，差點就跌在地上。

但那只是怪物的強弩之末，牠嚎叫了最後一聲就隨即倒地，倒地的一刻近乎化成灰燼，就像燒盡了的枯木般碎開了。

整個禮堂又回復平靜，大家啞口無言，這也對，因爲大家根本沒有心理準備去應付怪物。但事實是，怪物出現了，而大家也團結地消滅了牠。

「議員，你可以告訴我們發生了甚麼事沒有?」何 Sir 緩緩地說。

我苦笑道:「待會再告訴你。」

我們一行人先去探望剛才受傷的警員，幸好他未被刺中要害，協助救護的手足尚算有足夠的醫療物資，正繼續替那位警員治療。

「不能拖延太久，處長現在仍於校門附近，剛才的槍聲應該都驚動了他。」何 Sir 跟我說。

「你知道他不是處長了吧?」我問何 Sir。

「大概都知道了，而且不止是處長，」何 Sir 說:「以我所知，至少有二十名警員都是在這個處長現身元朗警署後出現。」

「你指就像剛在禮堂化成怪物的警員?」我問。

「我不知道有多少名警員在剛才對平民開過槍，」何 Sir 說:「但至少我認識的警員，他們都不會這樣做。」

阿鏗向何 Sir 說:「到警署的那一役，我親眼看見至少二十個舉止怪異的警員，他們都恍似被複製般以整齊的隊形回警署。」

何 Sir 默然，再從課室窗口的百葉簾往校門處看，說：「現在校門前應該有三十人左右。」

「當中有多少是舉止怪異的警員?」阿鏗問。

「至少一半以上。」何 Sir 說。

一半以上?即當中有至少十五隻僞裝爲警員的怪物?剛才應付一隻怪物已如此吃力，若同時出現十五隻怪物的話……

「最大的問題是校門前仍有我的眞伙記，而我們沒有通訊方法。」何 Sir 補充：「我怕一旦開戰會傷及未知情的他們。」

「對，我們要避免在這裡與怪物開戰。」我說。

「但怎麼辦?就算何 Sir 現在收隊，都不代表校門前的郭振雄與警員會撤退。」建潮在旁說。

「有方法的。」我說：「何 Sir 進來的任務是甚麼?」

「你指拘捕你?」何 Sir 有點傻眼。

「嗯。」我點頭，在場的衆人頓時抽了一口涼氣，大概都猜到我的意思。

十分鐘後，何 Sir 與其他警員帶著我走出校門。

校門前，只見十數名警員以盾牌列成的防線。

何 Sir 大聲喊:「Sir!我們拘捕了張諾懿。」

「很好,帶他來到我面前。」郭振雄用擴音器呼喊。

盾牌陣頓時散開,何 Sir 與我走進去,我迎面就看到郭振雄,不,應該是美杜莎才對。

郭振雄隨即抓著我的衣領,在我耳邊說:「你最後還不是栽在我手上了?」

「又如何?」我悖然道:「難道你敢在這裡幹掉我?」

郭振雄看看四周的警員,再盯著我:「是你們最喜歡用的激將法嗎?我才不會中你的計。」

話畢,他發號施令:「把他帶回警署去!」

隊伍隨即返回警署,期間我與何 Sir 交換了一個眼色,就隨押解我的隊伍而去。

由朗庭邨回去元朗警署的路不遠,期間沿朗庭天橋經過各座樓宇,剛才我未走出校門前,已叮囑建潮立即聯繫各座樓宇的手足,切勿作任何行動，以免打草驚蛇。

不消片刻，我們一行人就已經來到元朗警署。警署附近杳無人煙，仍殘留著在警署外槍戰一役的痕跡，我來不及觀察就被帶進警署報案室去。

在警署裡，我瞄到牆上的鐘，現在是淩晨五時多，即自從元朗發生異變後已經過了差不多二十九小時。二十九小時來發生的怪事多得根本來不及整理，我這刻是被捕的犯人，亦只能見步行步，看看警方下一步的行動。

「伙記，先安排他去羈留室?」報案室警員向正押解我的人問。

「不，處長說要見他。」押解我的人這樣道。這時候，我偷瞄他的側臉，發現了一件奇怪事，怎麼這個人沒有表情，語調又沒抑揚頓挫?

看來這個「人」或許也不是人，但我還來不及思考，他們已經繼續押解我向前。經過了數道須拍咭才能內進的門之後，我們進入了警署內的升降機。

升降機內的氣氛怪異莫名，連我在內共六人，但大家都沈默到聽不見任何聲音，我嘗試刻意去細聽，竟像聽不見他們的呼吸一樣。

很快他們就把我帶到處長室，嚴格來說這裡應該是元朗警區指揮官的房間，但現在仍由郭振雄暫時佔用吧?

打開門後，他們就用力把雙手被反綁的我往前推，我因而跌在地上。

我有點狼狽，未能立即站起身子，同時有人一腳踩在我的頭上。

「議員，你好。」踩著我頭的人正是郭振雄吧?我認得他的聲音。

「你們退出去，任何人都不准停留在這一層。」郭振雄吩咐他們，他們隨即就離開房間。要留意的是他們連回應也沒有，恍如只會執行命令的傀儡。

郭振雄蹲下身子說:「張諾懿，你最後還不是敗給我了?」

「美杜莎，妳到底想怎樣!?」我勉力掙扎。

據老伯所言，多年前被封印的美杜莎被長埋在南生圍地底，結果她的封印被解開，藍陰霾迅即包圍了元朗，令一個恍如風眼般的地方能暫時避免被石化。然而我眞的不明白美杜莎爲何要做那麼多事，要幻化爲警務處處長奪權，下令警員攻擊平民，還一定要把我活捉帶來警署。

美杜莎，妳到底想怎樣?

「廢話少說，『菱苅之劍』到底藏在哪裡?」

我一面懵懂，完全聽不明白美杜莎的問題，甚麼是「菱苅之劍」?

「你別裝傻，『菱苅之劍』到底藏在哪裡!?」美杜莎說時很激動，差不多把我整個人從原地揪起，再用力推往牆壁，「砰」的一聲，我的頭撞到牆上，一時間頭暈眼花。

「我不知道妳在說甚麼，甚麼『菱苅之劍』?」我整個人被她壓在牆上，她力度變大，而這根本不是人類能擁有的力量。

話畢，她就把我用力拋至房間內的另一面牆，我被重重地摔在地上，痛極而慘叫了一聲，由於動作太大，反綁我雙手的繩都鬆脫掉了。這時候，美杜莎再衝過來，在我眼裡，她根本已經不是那穿著制服的處長，而是眞眞正正的魔怪。

她雙手捉著我的脖子，再高高舉起，我頓時呼吸不了，喉嚨發出「咯咯」的聲音。綁住我雙手的繩結因剛才激烈的動作而鬆開了，但這刻我也只能抓著她的手，儘管我不斷在踢腿，但根本不能掙脫她。

「『菱荊之劍』在哪裡？」美杜莎抓緊我的脖子，我快透不過氣，爲了保命，我立刻對她豎起手指公，這大概是「我告訴妳好了」的意思吧？

美杜莎見狀，頓時放開抓緊我脖子的手，我立即跌在地上，咳嗽並大口地喘著氣。

「劍在哪裡？」美杜莎說：「我一定要毀滅這把劍！」

由一個現代人說起「劍」這種武器，感覺眞的有點不協調。然而當你知道眼前的人是神話中的怪物，你自然也會接受更多這類不協調的情況。

「我知道劍在哪裡，但妳要先告訴我，這二十九小時以來，爲何妳要幻化成警務處處長？」我喘著氣問。

「如果要選人物來幻化，我當然選你們當中權力最高的人吧？」美杜莎說：「你們人類眞的很可笑，建立階級制度，下人就只會服從威權，從來不會思考爲何要服從。」

「妳不是眞正的處長，就可以隨便犧牲警員的性命嗎!?」美杜莎一再指揮警員送死，這令我很生氣：「還有元朗現倖存的數萬人!」

美杜莎失笑：「我當然不會在乎你們，在我眼中，你們的生和死，和螻蟻一樣。」

「我只在乎如何能成就『大業』。」

「大業?」我聽不懂：「那是甚麼意思?我不明白。」

「我不須要跟你解釋太多，告訴我，『菱苅之劍』在哪裡?」美杜莎再進逼，我跌坐在地上，只能勉力向後退。

這時候有人敲門，美杜莎揚眉，再向外喊：「進來!」

數名警員推門而進：「處長，我們有事匯報。」

「甚麼事了?」處長揚首問。

這時候，數名警員忽然一擁而上，向處長撲過去。同一時間，門外有其他警員湧進來，迅速拋出繩索並包圍我們眼前的處長!

一切都在電光火石間發生，同一時間，甚至有人從窗外游繩而至，全方位包圍這個處長。

「你還可以嗎?」前來扶起我的是何 Sir，我回應：「還撐得住。」

這時候被制服在地上的處長大叫：「你們想怎樣，造反嗎!?」

「不是造反，」這時候門外有另一人走進來說：「因爲妳根本不是處長!」

我回首一看，是阿 Mark!

「施紀風!你憑甚麼說我不是處長!」

阿 Mark 從容地拿出一個小型裝置：「妳剛才說的話，整個警署都聽見了。」

美杜莎一時間不明白，再望向我，我揭起衣袖，內裡藏了一個與阿 Mark 手上一樣的裝置：「居民替我們造的偷聽器，美杜莎，妳扮人類卻不懂人心。」

此時警員掩至，看來都是想來對付遭制服的郭振雄，阿 Mark 說：「美杜莎，妳完了!」

我們以爲勝券在握了，但看來我們還是太低估美杜莎。這時候，被按壓在地上的郭振雄忽然嚎叫一聲，一運勁就把正在制服她的數位警員撞開，有些警員甚至被撞向牆上再跌在地上。

郭振雄，不，雖然她仍然身穿警察制服，但顯然她不是人類。只見她猛然站了起來，儘管她仍屬人形，但卻發出難聽的嚎叫聲。一時間，沒有人能走近她，就在這時候，她一聲嚎叫就從窗口跳了出去!

「這裡是三樓呢!」何Sir錯愕，阿Mark立即擎槍跑近窗戶：「她才不會怕。」

我同步趨近窗戶，只見美杜莎剛著地，就往元朗的方向逃去。她發出一種難聽的嚎叫聲，同一時間，警署各層都有不同的窗戶應聲而破。原來各層都有不同的「警員」從窗戶跳出去，並循美杜莎的方向極速跑過去，而他們明顯不是以人類能達至的速度跑。

一切都發生得太突然了，數分鐘前，美杜莎仍掌管警務處處長的權力；數分鐘後，她被逼露出原形，與她的十多個爪牙逃去。

阿Mark走過來，拍拍我的肩，說：「做得好啊，張議員。」

我苦笑，無言以對。

「但牠要逃往哪裡呢?」何Sir收起槍，房間內的警員也放下戒心。

這時候，有一位警員急忙衝進來，說：「我知道牠們要去哪裡!」

「楊乃?」阿Mark回話，我認出他：「是你?」

「對，是我。」楊乃是誰?他就是在朗庭邨超級市場前被包圍的警員，當時我出現替他解圍。到後來當我遭通緝時，他暗地裡把我放走，可見他是值得信任的人。

「那麼牠們往哪裡去了?」何Sir問。

「南生圍!」楊乃回話：「因爲牠們之前都在那裡安置炸彈!」

「安置炸彈?」阿 Mark 驚聞。

「對，我之前有跟議員說過的。」楊乃說：「我之後有到過南生圍，見他們把收集回來的炸藥安置在南生圍的蘆葦叢當中。」

「爲甚麼要在南生圍安裝炸彈?」何 Sir 不解。

「我都不知道，我只是發現他們在警署搬運物資出外時有異，跟蹤他們時發現的。」楊乃回話。

「糟糕!」我忽然想通。

「甚麼事?」阿 Mark 問。

「我們要立即趕去南生圍!」我說：「南生圍是藍陰霾的起始，若發生爆炸，現在元朗的保護罩不知道會有怎樣的變化!」

在場衆人頓時都感到震驚，我隨即奪門而出，阿 Mark 緊隨在後：「阿諾，到停車場，我們立即開車過去。」

到達停車場時，我見到苡晴在，我先輕輕擁抱她一下：「謝謝妳。」

「沒甚麼。」苡晴回話：「只是我不想經常與你生離死別。」

我苦笑，這時候阿鈞也來到，向我遞來一副藍芽耳機：「建潮他們已經在線了。」

我戴上耳機，建潮在另一邊說：「議員，我們都準備好了。」

「剛剛我們找到了數部航拍機，現正由朗庭邨往南生圍方向飛去，希望可以協助你們。」

這時候，阿 Mark 駕著七人車來到：「快上車，我們去南生圍!」

我、阿鈞和苡晴立即上車，車隨即疾馳離開元朗警署，阿鈞問：「由警署往南生圍要多久?」

「不知道，我只知道由警署開往元朗站要三十九分鐘，應該與這差不多吧?」我說。

這時候耳機傳來訊息，建潮說：「議員，牠們進入了南生圍的範圍!」

「據影像顯示，牠們應該兵分兩路。」建潮匯報：「一隊爲數大約六七個?好像守在往南生圍大草地的單程路上。」

「另外一隊，我看不清楚郭振雄有沒有在內，爲數十多個，正往南生圍大草地側的蘆葦叢範圍闖進去!」

我問阿 Mark：「我們還有多久車程?」

「三分鐘!」阿 Mark 踏下油門加速：「我們剛轉入往南生圍的單程路!」

除了我們這輛車之外，後面亦有兩三部警車緊隨，但現所剩的警力並不多。

「建潮，繼續匯報！」我喊道。

「暫不清楚現時情況，因為沒有日光，我們只看見剛剛有十數人衝進蘆葦叢而已。」建潮回答，我看看錶，現在是早上七時許，即元朗發生異變後三十一小時。

「啊！我看見你們的車了！」建潮說：「在你們前方三四百米就有留守的怪物！」

說時遲，那時快，我們已經看見有數位穿著警察制服的「人」在前方不遠處，牠們同時發出嚎叫聲，這嚎叫聲我們並不陌生，這時候阿 Mark 大喝：「坐穩！」

阿 Mark 嘗試扭呔迴避眼前正變成怪物的「人」，但明顯不奏效，因為其中一隻怪物已迅即用其能伸長的手向我們的車刺過來，阿 Mark 只能往左邊的樹林扭呔並立即煞停車輛：「小心！」

我們的車頓時撞上其中一棵樹，一時間非常混亂，幸好阿 Mark 控制車速尚算得宜，車上的我們沒大礙，我問道：「怎麼了？大家沒事吧？」

「我們快下車！」阿 Mark 喝道，我們立即打開車門，從車裡滾出去。同一時間，怪物的觸手已刺來，一下就刺穿了整輛車並將之揪起，在高空揮舞，阿 Mark 喝：「快躲開！」

我捉著苡晴的手，連忙與她撲向樹林的方向。阿鈞連滾帶爬地躲開，阿 Mark 則在樹後蹲下來，以樹作掩護，同時替手槍上膛。

怪物的觸手一揮，整架七人車恍如積木車般重重墮至地上，幸好我們都來得及躲避，不然後果不堪設想。

阿 Mark 隨即向怪物開槍，但顯然未有效果，這時候身後的數名警員向阿 Mark 喊：「施 Sir！你們先進去，我們在這裡跟這些怪物開戰！」

阿 Mark 聽後遲疑，一位警員以車輛作掩護：「施 Sir！快走吧！」

阿 Mark 聽後向我打了個眼色，我和苡晴隨即往他的方向跑去，阿鈞緊隨在後。但怪物看來不放過我們這一邊，隨即伸出觸手刺過來！

這時候，後方警員連環開槍，怪物的注意力被吸引過去，隨即攻擊後方的警員，我們則趁這空隙立即逃出去。

「我們要趕快！」阿 Mark 說：「不然讓她成功引爆炸彈的話就糟糕了！」

我們一行四個人隨即往南生圍的大草地跑過去，耳機傳來建潮的匯報：「我看到你們一行四人正往大草地跑過去！」

「我們前方有沒有障礙？」我用手按著耳機問建潮。

「啊！」建潮發現有異：「在橫水渡那邊忽然有數十，不，數百人正在前來！」

「數百人？」我一時搞不懂，耳機已同時響起阿鏗的聲音：「別慌，是我！」

「我帶了數百位手足正前往南生圍支援！」阿鏗說。

「太好了，你們快往南生圍路去！」我一邊跑一邊說：「那邊估計有六隻已成形的怪物，請萬事小心！」

「知道，議員，你也要小心！」阿鏗回應。

「嗯！」我回話，說時我們一行四人已跑到蘆葦叢邊緣。

「等等，我沒氣了……」說的是阿鈞，我反了個白眼：「平日都叫你多做運動呢！」

這時候，阿 Mark 指著前方：「在那裡！」

我們看過去，見到美杜莎與十數隻已非人形的怪物，正於南生圍的蘆葦叢中央張牙舞爪。美杜莎雖勉強仍屬人形，但可見她的身軀已經膨脹了足足一倍有多，感覺異常恐怖。

這時候，只見美杜莎喊了數句意義不明的話，似是咒語之類，在她頭頂的雲層忽然透出藍色的光柱，直射到她眼前的位置。

「糟糕了，不知道她想怎麼樣？」我與阿 Mark 仍在向前方跑，阿 Mark 說：「阿諾！老規矩！」

這個「老規矩」，是我童年時與他踢足球時的「絕招」，大概是以雙箭頭的方式，分兩邊向對方龍門跑過去，再待機把球踢進龍門。

「好!」我領命，並與阿 Mark 分兩邊跑過去，苡晴和阿鈞緊隨我那一邊，這時候耳機傳來建潮的匯報:「議員!她眼前那個看似是引爆裝置!」

「她仍在進行某種儀式，那種藍光也愈來愈刺眼了!」

這刻我與美杜莎及其爪牙相距三十多米左右，我連忙盡我最大的力量向前跑，同一時間，阿 Mark 那邊已朝怪物們連環開槍，怪物們頓時攻往阿 Mark 的那一邊。我顧不了那麼多，只能繼續一直往眼前的藍光處跑去!

「議員!美杜莎的動作停了下來!」建潮驚喊。

這時候，我剛踏進藍光的範圍，苡晴和阿鈞都趕到。槍聲不斷在右後方響起，看來阿 Mark 正在與怪物激戰。

「美杜莎!!」我大聲地向她喊。

「雖然未完場，但張諾懿，」美杜莎看起來神態自若:「你輸了。」

話畢，她隨即以雙手按下眼前的引爆裝置。

「不要!」我驚喊，但已來不及阻止甚麼，我隨即回頭向苡晴及阿鈞喊:「伏下!」

爆炸聲隨即響起，而且不止一聲，而是連續的爆炸聲。我甚麼也做不了，只能雙手抱頭伏在地上以保護自己。

我們恍似經歷了一個世紀，在十數下巨響後，一切好像轉趨平靜。

我睜開眼，只見四周都瀰漫沙塵，應該是剛剛的爆炸所引致塵土飛揚。

藍光仍在，正覆蓋我身處的位置。我撐起身子，看見苡晴也剛站起來，阿鈞也正拍著身上的塵埃。

「大家沒事嗎?」我問，苡晴搖搖頭示意沒事，阿鈞則問道:「她成功引爆了?」

「不知道，爆炸沒波及我們正身處的位置吧?」我伸出手:「這種藍光是甚麼，還未清楚。」

這時候，耳機傳來建潮的聲音:「議員!議員!」

「是，建潮，怎麼了?」我問建潮。

「大件事了，」建潮道:「爆炸過後，藍陰霾正湧進市中心!」

「吓?」我大吃一驚:「甚麼?」

「不……」建潮說:「藍陰霾不只湧入元朗，還迅速地湧進朗庭邨!」

「甚麼?」阿鈞震驚。

「議員，藍陰霾已攻入朗庭邨，包括我們這裡了。」建潮說:「航拍機已失靈，在失靈前，我們見到受波及的區域，人們都變得不能再動了……」

這時候，耳機傳來一陣混亂聲，一些物件翻倒的聲音。

「喂?喂?」我很焦急地追問建潮。

良久，耳機傳來建潮最後的一句:「靠你們了。」

話畢，耳機就再沒有聲音了。

第六章

如果沒猜錯，這一刻元朗區，包括朗庭邨已經淪陷了。

我整個人頓時失神，跌坐在地上，一時間說不出話來。

沒有了，甚麼也沒有了。若藍陰霾攻入元朗市中心，那會是何等慘烈的情況?我甚至不敢想像，當大家見到藍陰霾攻過來卻沒有辦法逃走的驚惶失措。

「阿諾……」苡晴走過來嘗試扶起我，但我一時間都不知道可作怎樣的反應。美杜莎說得對，我輸了，而且輸得一敗塗地。

這時候，我聽見那難聽的笑聲，對，那聲音我不會忘記，是美杜莎。

就在塵土漸散，藍光猶在，視野漸清晰起來的時候，我們看見美杜莎。

這刻她已經是怪物的模樣，然而卻與其他怪物不同，她勉強保持了人的面相，或許那就是她的眞面目?至少她這刻還說著人話，只不過聲音非常難聽與刺耳。

「張諾懿……」她的聲音非常難聽:「是時候解決你們了……」

美杜莎伸出了數條觸手於空中飛舞，只見觸手忽然變成了尖刺狀，然後以極快速度向我們三人刺過來!

而我已經是近乎放棄的狀態，根本連抵擋都放棄了。反正對手是神話中的怪物，而我只是人類，又怎會有方法與她對抗?

就在如尖刺的觸手刺到我眼前的時候，我忽然聽見一把聲音。

那是誰的聲音呢？很熟悉，但我一時間又想不起來。

他在說著甚麼呢？他在說：「醒來，醒來。」

「醒來啊！」

我給他的聲音嚇著，一下子就醒過來了！

醒來了……？那是甚麼意思？沒錯，我的確是醒來了，因爲我正滿頭大汗地坐在我的牀上。

對，這是我的牀。我抬頭看，這是我的房間，我甚至看見房間裡的模型，桌上的水晶擺設仍在。

這水晶不是因元朗的一場地震而跌在地上給粉碎了嗎？

這到底是怎麼的一回事？

我一面懵懂地下了牀，走出客廳，四周都非常寂靜。我試著敲父母的房門，但良久沒有回應。平日我稍有聲音都足以驚動他們，但如今卻未有反應。

我嘗試打開手提電話，發現收不到訊號，電視也一樣。

是夢嗎？但又好像不是，若眞的是一個夢，這個夢豈不是太眞實了？由元朗的一場地震開始，到藍陰霾包圍整個元朗，到全邨居民策動反擊戰，再到追捕由美杜莎幻化而成的郭振雄。

第六章

爲了救我而被捉走的苡晴，還有因我中槍而死的若喬。

這些都是夢嗎?還是我如今眼前的才是夢境?

這時候，那一把聲音又再響起。

「張諾懿。」這把聲音是……?我認得，正是這把聲音把我叫醒的，雖然我現在還未能判斷眼前的情景到底是夢境還是現實。

「你是誰?」我向著空盪盪的客廳問，因爲這把聲音不像是從附近傳來的，而是直接出現在我的腦海裡。

「我是誰?怎麼你那麼快就忘記了?」那一把聲音回應。

「怪伯伯!」我認出這把聲音了:「這到底是怎麼的一回事?」

「我不便向你解釋，」怪伯伯說:「你現在速來元朗的北海安老院吧。」

「北海安老院?」我問。

「對，在元朗中信街。」怪伯伯說:「你快點來吧。」

「好。」我答應，隨即就出發了。

乘升降機到地面，再沿平日熟悉的路線往安老院步去，但未免太寧靜了吧?我好像聽不到任何聲音，好像所有人都消失了一樣。

沿途經過馬路，見到路邊有一輛車停泊著，我看見車內有人，於是走上去查看，看見駕駛座的確有人，是一個男人，但他正沈沈地睡著。

我輕力敲敲車窗，但他沒有反應。我再大力一點敲車窗，但他依然睡得非常沈。

我一時間搞不懂，但見他仍有呼吸，就暫時不理了，先趕去北海安老院為佳。

來到了北海安老院，我本來以為大門鎖著，豈料一推，門就開了，我隨即走進安老院。

院內一樣寂靜無聲，正當我苦惱應該如何找怪伯伯之際，我腦海又響起怪伯伯的聲音。

「來二樓，D23 的房間。」怪伯伯指示我。

「好。」我回話，然後我很快就來到 D23 的房間外。

這時候，幽暗的走廊盡頭響起一把聲音：「阿諾?」

我望過去，看見一個熟悉的身影。

那是誰呢?當我看清楚的時候，我簡直不敢相信我的眼睛。

她是誰?她是若喬。

我呆住了，我當場呆住了。若喬不是死了嗎?她是為我擋了一槍而死的。

那是鬼魂嗎?我不理了,我只知道自己立即跑了過去,就這樣把她擁在懷裡。

被我擁入懷裡的若喬,緩緩地回抱了我。

一時間,整個世界都彷彿寧靜了。

我不知道可以說些甚麼,我害怕我一鬆手就會再失去若喬。

這時候,走廊的另一邊又傳來聲音,是一把男聲:「喂!」

我這才回頭望過去,原來走廊的另一邊,是阿鈞,還有苡晴。

阿鈞快步走過來,而苡晴則隨阿鈞身後緩步而來。

我不得不先放開若喬,跟阿鈞和苡晴說:「大家都平安,眞好。」

「還好吧。」阿鈞回話,但苡晴卻沈默了,我察覺到一點不妥:「苡晴?」

苡晴回話:「別說了,先去探望伯伯吧。」

「妳也聽到伯伯的聲音嗎?」我問苡晴,但苡晴沒有理會我,就自顧推門進去了。

我一時間不太搞得懂,但若喬忽然起死回生,的確令我很興奮。

我們一行四個人進入了房間,只見一位伯伯正睡在牀上,有一些醫療儀器正連接著伯伯的身體,看來這裡是療養的病房。

「你們都來了吧。」睡在牀上的伯伯開口。

「原來是你。」我走近病牀，輕輕握住伯伯的手臂：「謝謝你一直出手相助。」

「可惜我不能幫下去了，」伯伯虛弱地說：「接下來，要靠你們了。」

「可否先解釋一下我們正面對的情況？」我問：「到底元朗受困是夢境，還是這刻才是夢境？」

「記得嗎？我跟你說過甚麼？」伯伯問我。

「我記得，」我說：「有些說話，若太早跟我說，我不會理解。」

「嗯，」伯伯看看我們四人，再續說：「元朗受困是一個夢境，但卻是全個城市的人一起發的夢。」

「伯伯你意思指，全個城市的人都在發同一個夢？」阿鈞問。

「也算正確，整個城市的人都忽然沈睡了，叫也叫不醒。」伯伯說：「就在你們經歷元朗開初的那場地震開始，你們就在同一個夢境裡了。」

「所以我們剛趕來安老院的路上，整個元朗區才會寂靜無聲？」我問。

「對，大家都在沈睡。」伯伯說。

「那麼我們要叫醒所有人？」阿鈞問。

「不，你們不會叫得醒任何人。」伯伯說：「你可知道我用了多大的代價才勉強能把你們叫醒？」

說時，伯伯咳嗽起來，我們連忙扶他，讓他坐起身子並撫他的背，伯伯續說：「或許你們三人當時剛巧趕及衝進美杜莎本體附近的安全區。」

「安全區？」我想起來了，說：「那時候我們三人都在引爆炸彈的美杜莎附近。」

伯伯虛弱地點頭，再指指若喬：

「至於她為何存在……」伯伯說：「我也不能解釋她的情況，是因為她在夢裡被殺掉？看來又不是。」

「我最後的記憶是在車上的，」若喬說：「但後來是怎樣的，我記得不太清楚。」

「那麼若然放任在夢境裡的人不理呢？」阿鈞問。

「在夢裡被石化了的人，」伯伯說：「在現實中會隨之變成植物人。」

我們頓時倒抽一口涼氣，那代表在夢中被石化的衆人都不能醒過來了？

「藍陰霾已經攻陷元朗了。」伯伯補充：「看來就只剩下你們四人無恙。」

「那怎麼辦？我們可以做甚麼？」我問伯伯。

「老實說，連我也不知道。」伯伯虛弱地說：「加上我都快要撒手塵寰了。」

「甚麼？」我吃了一驚：「伯伯，我們可以怎樣幫到你？要我們找醫生來?」

「不，不需要了。」伯伯說：「但遺憾我不能再幫助你們了。」

「世間裡，緣來緣去皆有因。」伯伯望望我們四人：「或許上天安排你們四個人經歷這些事，有其原因。」

話畢，伯伯緩緩閉上了眼，我們還未來得及反應，伯伯的身軀就在我們眼前化爲金色的星塵，轉瞬間，就在我們眼前消失了，只剩下空盪盪的病牀。

「謝謝你，伯伯。」我對著空氣說：「我們不會放棄。」

「還有甚麼辦法?」阿鈞苦笑。

我默然，就沒有甚麼辦法了嗎?我們四人醒過來，發現原來一切是一整個城市集體的夢境，所有人都沈睡不醒。而在那可怕的集體夢境裡，若人們被藍陰霾石化太久，在現實裡就會成爲植物人。若我們任由這情況繼續發生，最終大家也只有死路一條，而美杜莎的陰謀也就得逞了。

「我覺得我們還有一個線索可追查。」這時候苡晴在旁說：「還記得郭振雄，即美杜莎在處長室說過的話?」

「妳說『菱䓍之劍』?」苡晴一提醒，我就想起來了。

「對，我們是不是要調查一下甚麼是『菱䓍之劍』?」苡晴說。

「但現在甚麼訊號也沒有，」阿鈞拿出手機查看：「看來固網寬頻的情況也一樣。」

「若不能夠上網查資料，我們還可以怎樣查有關『菱䓍之劍』的資料?」我說。

「有!」阿鈞說：「去圖書館!」

在互聯網還未流行之前，我們若要找資料，的確是會去圖書館的。但有關「菱䓍之劍」的資料，眞的能夠在圖書館找得到?

「去圖書館可以，」苡晴說：「但要去最有機會找到這資料的圖書館。」

「哪裡?」阿鈞問。

我說：「中央圖書館。」

「好，我們這就出發。」阿鈞才說完，又想起：「但怎去?我們現身在元朗，又沒有港鐵。」

「我很久沒有搭過港鐵了。」我邊說邊走：「我開車，車泊在朗庭邨停車場。」

或許大家也感覺不能怠慢，我們一行四人急步往朗庭邨，期間我們行經的區域非常寧靜，全個城市的人的確也正在沈睡。

「你們看看!」若喬指指遠方的馬路，有一輛車正以極慢的速度往前駛。

難道除了我們四人之外，還有人醒過來了?車輛緩緩在我們身邊駛過，我們看見車裡有司機，是一位男子。沒多久，車輛就在不遠處停下了。

我們走近，嘗試敲敲車窗，但司機並沒有回應，然而司機的雙眼雖張開，但看來不像處於清醒狀態，若然要形容，他應該比較像在「夢遊」的狀態。

我這才想起:「我剛剛來安老院的路上也遇過這樣的司機，他們本來都應該在駕著車的。」

「難道整個城市也變成這樣子?」若喬說:「若他們本來並沒有在睡覺，而是在做某件事，都會持續這種『夢遊』的狀態?」

「不知道，但現在也不是研究的時候。」我說:「停車場在眼前，我們盡快出發吧。」

我們四人上了車，隨即往銅鑼灣中央圖書館出發。沿途有零星車輛停在馬路側，但無礙我們駛上離開元朗的公路。

「想不到，」坐在我旁邊的阿鈞說:「我們終於離開元朗了。」

經歷了三十多小時的惡夢，由一場地震開始，到整個元朗被隔離，再到我們知道大家正面對的竟是神話中的人物美杜莎，直至與警方的攻防戰，最後忽然驚醒過來，發現原來整個城市的人都正在沈睡。

這原來只不過是三十多小時發生的事。

我們沿公路離開元朗區，途經夢裡被藍陰霾所隔離的邊界，感覺恍如隔世。

車輛很快就來到過海隧道，沿途我們避開一些停在路面上的車輛，幸好數量不算多，沒有阻礙到我們的路線，我們很快就來到了目的地，位於銅鑼灣的香港中央圖書館。

我們一行四人來到了圖書館的正門前，門當然鎖著，阿鈞找來了附近的椅子，用力擲向玻璃門的中央，玻璃門應聲碎裂，阿鈞苦笑：「稍後我會來賠錢。」我回話：「你把錢放進罰款箱就可以了。」同一時間，我們走進圖書館去。

阿鈞很快就找到了電燈開關，並隨即打開了整座圖書館的燈，一時間，圖書館恍如回復正常運作似的。

「由哪裡開始找資料比較好?」若喬問。

「我們先分頭行事，試試在館內各位置找找?」我回話，各人叫了一聲「好」後就分頭行事。因館內沒有其他人，且非常空曠，相信只要大喊一聲，就能夠叫喚到大家。

我先到成人圖書館試找找有關資料，大概都是找有關刀劍的書籍。在互聯網還未流行之前，看來人們都是這樣子找資料的，只不過從前的人找資料或許是用來做功課，我們現在找資料則是爲了拯救這個城市。

找了好一段時間都未找到相關資料，忽然聽到有人大喊：「喂!」聽到是苡晴的聲音，於是我來到圖書館中央的天井位置：「怎麼了?」

「大家先上來七樓!」苡晴回話，我聽後就隨即往七樓去，同時在七樓也碰見了阿鈞與若喬。

「怎樣了？有發現嗎？」我問苡晴，苡晴說：「應該是吧，大家隨我來。」

話畢，苡晴就帶我們進入中央圖書館七樓的「珍本書庫」。

「『珍本書庫』?」阿鈞看見門牌後問。

苡晴說：「對，『珍本書庫』是用來收藏文物級書籍的。」

若喬說：「我讀過一則報導，香港較爲珍貴的文書大多存放在這書庫之中。」

苡晴：「對，我剛剛走進去不久就有些發現了。」

若喬補充：「這書庫長年開著冷氣，只因當中有一些遠自清朝的線裝書，要好好調節溫度來保存它們。」

我點頭表示明白，同一時間，我們已來到一個被打開的抽屜前，應該是苡晴剛剛在翻閱的資料。苡晴拿起其中一份剪報給我們：「看看這。」

「『忠靈塔』？」阿鈞看到報章標題問。這是一份報導「忠靈塔」將被拆卸的新聞，來自1946年9月2日的《工商晚報》。

「甚麼是『忠靈塔』？」若喬問。

「『忠靈塔』是香港日治時期的一座建築，位於山頂的馬己仙峽道。」苡晴說：「我也是剛剛翻查資料才知道。」

「那與『菱苅之劍』有甚麼關係？」我問。

苡晴給我遞上另一份資料，是1942年，香港日治時期的剪報，上面寫著「日軍在『忠靈塔』的地基下埋下一把古劍，古劍由日本『大日本忠靈顯彰會』率領香港鐵匠所鑄造。」

重點來了，因爲報導尾段有這樣的一句：「禮聘刀匠菱苅鍛造。」

「刀匠菱苅？」我感到錯愕：「即『菱苅之劍』於日治時期被埋在『忠靈塔』的地基下？」

「還不止，大家看看這份資料。」苡晴補充。

另一份資料的內容是：「1947年，港英政府於重光後炸毀『忠靈塔』，古劍亦同告失蹤。」

古劍同告失蹤？那是甚麼意思？我攤攤手：「等等，我們先整理一下資料。」

「首先，美杜莎在找『菱荊之劍』，目標是摧毀它，那麼她就能成就大業。」我嘗試整理情況，大家聆聽著。

「然後苡晴找到的資料，證實『菱荊之劍』是存在的，由一位叫『菱荊』的刀匠於 1942 年鑄造，並埋在現已拆毀的『忠靈塔』的地基下?」大家聽後點頭，若喬問:「而『忠靈塔』是日治時期用以悼念陣亡日軍而建的?」

苡晴說:「對，只是『忠靈塔』還未完工，香港已經重光，港英政府炸毀未完工的『忠靈塔』，而古劍亦在炸塔時不見了。」

「那怎麼辦?就算找到了『菱荊之劍』的線索，也只不過知道它下落不明而已。」阿鈞納悶。

「也不算是下落不明的。」若喬這時候說。

「甚麼意思?」我問若喬，她向大家遞上她正翻閱的另一份資料:「大家看。」

那是記載「忠靈塔」的另一則報導，內文記載在 1942 年 2 月 9 日「忠靈塔」的奠基儀式上，當時日軍總督磯谷廉介負責把寶劍埋在地基深處。

比較特別的是有人以原子筆把有關「菱荊之劍」的照片圈起來，並在旁備註:「已移送『香港重要物資存庫』」。

「『香港重要物資存庫』?」阿鈞問:「那是甚麼?」

我頓時吃了一驚：「想不到那個傳言是眞的!」

衆人望向我，我嘗試慢慢解釋：「這是我聽一位當議員的前輩說的傳聞。」

「回歸前，香港警隊有一個部門叫『政治部』，這個部門於 1995 年解散。」我續說：「據了解，政治部在解散前的最後一個任務叫『挪亞方舟』，任務是把香港重要的物資收集並存放在安全地方。」

「存放的地方是『香港重要物資存庫』?」苡晴問。

「對，而據聞存庫的位置，」我頓了一頓：「在舊立法局，即現時的終審法院。」

香港立法局，即現時終審法院。前身爲「最高法院」，於 1912 年建成，因法院的英文爲「Court」與廣東話的「葛」字發音相似，所以當時「最高法院」亦有「大葛樓」的別稱。

說時，我們四人已身在圖書館的另一個位置，阿鈞正拿著記載香港立法局歷史的圖冊在朗讀：「When Victoria has ceased to be a city, when the harbour has silted up, when even the Hong Kong Club has crumbled away, this building will remain like a pyramid to commemorate the genius of the Far East.」

「這是時任按察司皮葛在最高法院揭幕時所說的。」阿鈞蓋上圖冊：

「看來我們下一步是出發到舊立法局?」

「對,看來我們都要走這一趟了。」我說。

話畢,我們就出發往舊立法局。看看錶,現在是中午十二時多,原來我們留在圖書館找資料都花了不少時間,然而奇怪的是我看看天空,完全不見有日光。

「為何天空還恍如深夜?」我一邊駕駛一邊問,若喬和應:「對,我也覺得有點奇怪。」

「是不是不會有日出了?」阿鈞問的時候也苦笑,或許他也覺得自己的說法奇怪,然而這時候的香港,真的任何怪事也可以發生。

「不知道,」我說:「但天始終都會亮的。」

說時,我們已來到中環,即舊立法局附近。我們隨即下車,四周依舊杳無人煙,我們很快就來到舊立法局正門,阿鈞說:「不是又要我來破門吧?」

「不用。」苡晴輕輕推開門:「門沒有鎖。」

我們都感到奇怪，但既然門沒有鎖，我們就走進去了。舊立法局是富有新古典主義特色的建築，內裡的陳設亦相當典雅，及後改建成終審法院，亦無減它百多年來的氣派。

「我們應該往哪裡找『香港重要物資存庫』？」阿鈞問。

「我也不知道，」我說：「我們試試四周找找？」

如是者，我們四人開始在舊立法局裡搜索這個傳聞中的「香港重要物資存庫」，花了好一陣子，我們差不多把整個舊立法局走了兩遍，但未有找到疑似「香港重要物資存庫」的地方。

「每個房間都差不多似的，實在不容易找到存庫。」阿鈞說。

「加上『重要物資存庫』理應不會標明內存『重要物資』吧？」我說：「若真的存放了『重要物資』，應該不會設在明顯的位置？」

「香港立法會於 2011 年把這座大樓移交給司法機構，若當時未有把『香港重要物資存庫』一同搬遷的話，」若喬沈思了片刻：「它應該會在這座大樓的哪裡呢？」

「地庫？」苡晴想了一想。

「地庫？這座大樓有地庫嗎？」阿鈞說。

「不知道，我們試著找找看吧？」我說。

我們隨即開始找地庫的位置，這座大樓雖有地下的空間，但明顯不是我們想找的「地庫」。我們試著用不同的方法查看這座大樓的結構，阿鈞這時候找來了一卷東西：「來，大家看看。」

「這是甚麼?」我問，阿鈞說：「應該是這裡的建築圖則?我在現任首席法官的房間裡找到的。」

這卷建築圖則非常大，我們要找來一張非常大的桌子才可以把它完全展示出來。我不懂建築圖則的細節，只見圖則內的確展示著整座舊立法局的佈局。

「這個地方有點奇怪。」若喬指指圖則下方，是一個位處於地下一樓側、以虛線所劃的地方，我感到詫異：「妳懂讀圖則?」

「我這幾年在修讀建築，」若喬說得不經意：「在跟你分手之後。」

一時間，氣氛變得有點尷尬，這時候阿鈞打圓場：「用虛線劃上的地方的確奇怪。」

「不，用虛線劃分是很平常的，只是它的位置的確有點奇怪。」若喬解釋：「它好像不屬於這座大樓的範圍似的。」

「好，我們試著去找找看吧。」我說。話畢我們嘗試來到圖則上所指示的位置附近，然而那只是一道走廊，並沒甚麼特別。

「圖則以虛線所劃的位置，」若喬指著一面牆：「應該是這裡了。」

然而這的確只是一道牆壁，牆上掛著一幅 1912 年揭幕禮的黑白照，除此之外，沒有任何特別之處。

「眞的是這裡嗎?」阿鈞敲敲牆壁，並沒有甚麼發現。

這時候，苡晴拿走牆上的黑白照，竟發現了一處奇怪的地方：「大家看看!」

我們向牆上望過去，發現有一個黑色的裝置，正正在本來放著黑白照的位置中央。

「這是甚麼，是一個按鈕嗎?」阿鈞上前查看：「應該不是，按不下去的。」

我也上前查看：「與其說是一個按鈕，倒不如說是一個擴音器?」

「或者是一個收音的咪高峰?」苡晴指指安置於天花板的擴音器：「擴音器應該置於開揚的位置，而不會放在一張照片後吧?」

「收音的?那有甚麼作用?」正當我感到很奇怪之際，我忽然想起了一件事：「啊，不會是這樣的意思吧?」

「你說甚麼?甚麼意思?」阿鈞納悶。

這時候，我退後了一步，向著那裝置朗讀了一番話：

「When Victoria has ceased to be a city, when the harbour has silted up, when even the Hong Kong Club has crumbled away, this building will remain like a pyramid to commemorate the genius of the Far East.」

我知道這樣子有點傻，但我還是想試一試，或許會有些意想不到的效果?

當我朗讀完畢，沈靜了良久之後，並沒有任何事發生，我半舉雙手：「好，是我想得太多了。」

「你以爲像武俠小說般，你喊了一句口訣就能啓動某些機關?」阿鈞笑言。我無言以對，只好苦笑。

當我轉個身子打算隨大家往其他地方繼續搜索時，忽然聽見「啪」的一聲，其後一陣齒輪轉動的聲音響起，我和大家都有點呆住了的時候，我身後的一道牆竟緩緩打開了!

「天啊，我以後都會多讀武俠小說了。」阿鈞不禁驚呼。

我見狀也有點傻眼，只見牆身打開後，有一道向下延伸的樓梯，而樓梯兩側於牆身的燈也隨即亮起來。

「怎麼樣?我們應該走下去看看嗎?」阿鈞問。

「一場來到，怎不參觀一下?」我回話並同時沿樓梯走下去，這個梯間有點窄，一次只能勉強供一個人進入。

其他人亦隨我的步伐走下來，樓梯盡頭有一道門，門上有一個牌寫著「Repository of Hong Kong's Important Resources」。

「看來我們要找的存庫在這裡。」我不忘自嘲：「原來『重要物資存庫』是眞的會有名牌標明是存放『重要物資』的。」

衆人淺笑，我隨之推開門。打開門的同時，燈自動亮起，是一個面積不小的房間，感覺有點像小型博物館，英國風格甚重，不同的東西都放置於一些玻璃箱當中。

「要建立這個部門並管理妥當，一點也不容易呢!」阿鈞說。

這時候，苡晴指著最遠處的一個玻璃箱：「大家來看看!」

我們走近看看，玻璃箱裡是一把劍，劍身非常殘舊，估計應曾長埋於泥土之中。

「難道這一把就是『菱茢之劍』?」阿鈞說：「我以爲能夠用來對付美杜莎的劍應該很鋒利才對呢!」

玻璃箱沒有上鎖，我打開玻璃箱。劍的下方有一份文件，我拿上手，發現文件是以英國殖民地時期所使用的格式而撰寫，標題卻是用漢字所寫的「菱茢之劍」。

「看來沒有錯了，這一把眞的是『菱茢之劍』!」我說：「這份文件應該能給我們一個答案。」

我把文件遞給苡晴，由苡晴閱讀文件。

「這份文件記錄了有關這把『菱茢之劍』的資料。」苡晴開始描述：

「1942年2月9日，日軍於山頂舉行『忠靈塔』奠基儀式，並把這把寶劍埋在地基深處。」

「這些資料我們都已從『珍本書庫』裡讀到的文件得悉，並無特別。」阿鈞插言。

「不，這裡寫得更仔細。」苡晴翻後數頁：「這把寶劍並非古劍，它由『大日本忠靈顯彰會』率領香港鐵匠所鑄造，原材料都是從香港本土搜集回來的。」

「即這把寶劍是眞正香港製造的。」我說。

苡晴續說：「這文件後半部是『機密資料』，給我一點時間讀讀。」

苡晴迅速省覽，然後驚呼了一聲，我問：「怎麼了？有發現？」

「對，是大發現。」苡晴說：「1947年，即香港重光後，於『忠靈塔』，即現時的馬己仙峽道，曾發生過一場小型戰爭，是一場英軍對抗怪物的戰爭。」

「甚麼？」我和阿鈞聽見後都吃了一驚。

「對，據文件記載，當時『忠靈塔』曾出現一隻怪物，身型龐大，其身體恍如樹根般纏在『忠靈塔』上，恍如在吸收甚麼似的，而被派至現場的英軍群起抵抗，惜處於下風，且不少軍人都壯烈犧牲。」苡晴說。

「然後怎樣了？」我感到心跳在加速。

「英軍對怪物所採取的物理攻擊無效，在形勢非常危急之際，一位譯名爲莫庇德的小將，找到了有效的攻擊方法，最後將之消滅。」苡晴說。

「有效的攻擊方法?」我問：「是指這把劍?」

「對，但怎樣爲之有效攻擊，文件則沒有詳細描述。」苡晴說：「文件尾段指這場戰役因未能以常理來解釋，故港英政府視作最高級別機密，並把『菱茢之劍』暗地轉移至『香港重要物資存庫』，以留給香港後代。」

「文件最後一句是這樣寫的，」苡晴讀：「『但願香港的後代用不著這把劍。』」

讀完這份文件後，我們都不禁沈默下來，原來在七十多年前，香港發生過一場如此悲壯的戰爭，這是一場人類與怪物之間的戰爭，而且未有記錄在任何正式歷史文件當中。

「我們嘗試整理一下整件事。」我攤一攤手。

首先，神話中的怪物美杜莎於不知多少年前出現。據怪伯伯所講，她最終被擊敗並被封印起來，可是封印她的隕石於數百年前意外地墮回地球，隨年月而過，被埋在元朗南生圍的泥土之下。

我們一直以爲她是如今因封印的力量減退才蘇醒，但原來並不一定，她可能早於日治時代已曾現身於香港，幸被當時的英軍合力擊退。但她僅被擊退而非被消滅，不知是甚麼原因，過了差不多七十多年之後，她再次蘇醒過來，並以她的能力令整個城市，甚至更大範圍裡的人進入沈睡狀態，並進入同一個夢境裡。

而夢境裡亦分爲已被攻陷及未被攻陷的範圍，起初我們以爲元朗被隔離，原來正好相反，元朗是僅存未被藍陰霾攻陷的地方，就如暴風圈的風眼，尙且能夠維持多一陣子的平靜。

其後美杜莎幻化成警務處處長奪權，並設法於南生圍安置炸藥，以引爆炸彈的方式來打破元朗的保護罩。她最終是成功的，她成功引爆炸彈，藍陰霾攻入元朗僅存的安全範圍，迅即石化僅餘在集體夢境裡仍能活動的人。

「若在集體夢境裡石化太久，在現實就會變成植物人。」若喬說：「但我爲何能蘇醒過來呢？是因爲我在夢境裡死去了？那又是否代表在夢裡死去的人可能會醒過來？」

「不知道，但我們若要找出答案，」我指著文件上的一幅舊地圖：「看來一定要走到這裡了。」

我指的位置是「忠靈塔」遺址，即現時的馬己仙峽道。

「就我們四人？」阿鈞苦笑：「當年英軍也要與牠們激戰並處於下風，我們四個人又可以做甚麼？」

「做不到甚麼也要做。」我說：「元朗六萬多人，不，是整個城市的七百五十萬人，」

我接著說：「都看我們四人了。」

在場四人都頓時沈默了，良久，阿鈞開腔：「好，反正也是死，不如放手一搏吧？」

若喬輕輕點頭，我望向苡晴，苡晴笑說：「好，議員助理的工作就是要幫助別人，我心甘命抵。」

「好，」我說：「準備行裝，我們準備去送死好了。」

說時，我伸手拿起「菱苅之劍」，劍身比我想像中輕巧，我嘗試拔劍，然而劍身已非常殘舊，像出土的文物般。劍身與劍套間恍如連體似的，用力也拔不開來，嘗試過好幾遍亦未能成功，我索性把它綁在背後，以便攜帶。

「你看起來像真正的劍客。」若喬笑。

我苦笑，同時我看見苡晴別過臉來。這是出於甚麼原因呢？我一時也說不出所以然來。

我們四人離開舊立法局，回到地面時看看錶，時間已經是下午二時多，天空理應光亮。然而抬頭看看天空，天仍然漆黑一片，恍如深夜，我們甚至找不到一絲陽光。

「要直接出發去『忠靈塔』遺址嗎？」阿鈞問。

「忙了一整個早上，我們先吃一點東西補充體力吧。」我苦笑：「你們應該都不想睡覺吧？物理上，我們睡了差不多三十多個小時？」

「不想睡，但先吃點東西也對。」苡晴指指遠處的一間餐廳：「就那一間吧？」

「現在餐廳裡應該不會有清醒的店員吧？」阿鈞說。

「不要緊，有廚房就可以了。」苡晴淺笑。

我們進入這間二十四小時營業的餐廳，不出所料，餐廳裡沒有清醒的人，收銀員正伏在收銀處沈睡，亦有零星的食客就這樣睡在餐桌上。

苡晴與阿鈞到廚房看看情況，我跟若喬則在餐廳裡找了一張桌子坐下來。

我和若喬互相看了一眼，然後就有一點尷尬地靜默下來，畢竟我和她分了手三年，若不是這一場怪異的災難，我和她根本未必會再聯絡。

三年前，我跟她分手，當時狠心的是我，到後來感到後悔的人也是我。然而這三年來我沒有機會跟她道歉，始終我們都不應該打擾過去的戀人吧?我甚至不知道她這三年的情況，直至在夢境相遇，她捨身保護我，甚至為我而中槍，這些畫面都令我很心痛。

然而，我還愛著這個女孩嗎?還是我對她只有著莫名的內疚?

「你不要太介意。」若喬先開口:「其實我中槍一事只是意外而已。」

若喬果然能看穿我的心，我說得有點苦澀:「對不起，當年的事……」

「當年的事已經過去了。」若喬說:「你對我不應該只有內疚。」

我凝視若喬，一時間說不出話來。若喬續說:「過去三十多小時的確發生了很多事，連我都在想『我跟你到底怎麼了?』」

「到我真正感受到死亡來臨之際，我心裡是很平靜的。」若喬說:「當年的事，我對你已經沒有任何恨意。」

我聽後，心頭一酸，淚水已忍不住在眼框裡打轉。

若喬說:「對不起，現在好像不是談論這話題的好時機。」

「但我真的有想過會不會再與你在一起。」若喬說:「只不過，我們都應該錯過了最好的時間。」

「你有更應該要捉緊的人。」

這時候，苡晴與阿鈞捧著熱騰騰的食物來到，阿鈞說:「好，吃午餐了!全靠廚藝了得的苡晴。」

我和若喬的對話亦暫時中斷，我別過臉，不想被阿鈞和苡晴發現我通紅的雙眼，若喬這時候轉過話題：「這裡距離馬己仙峽道有多遠?」

「如果由這裡駕車，應該半小時內就能到達。」阿鈞吃著牛角包：「問題是我們應不應該直接開車去?」

「爲何這樣說?」我問。

「我覺得在這個衆人皆正沈睡的城市，現在『忠靈塔』的遺址不知道會是怎樣的狀態。」阿鈞說：「這純粹是我的直覺。」

「對，我同意『忠靈塔』現況並不簡單。」苡晴說。

「那麼我們駕車到附近再步行過去?」若喬說：「這應該比較安全。」

「對，出發前我們也不妨先換一換裝束及準備物資吧。」我說。

我們吃完這頓豐富的午餐後就離開餐廳，然後來到附近的一間行山及體育用品店，看看有甚麼物資可以使用。苡晴和若喬都換上了運動裝束，以便靈活行動；阿鈞則找來行山杖之類的東西，我問他：「這用來幹嘛?」

「行山時，它是一枝行山杖。」阿鈞煞有介事地說：「有危險的時候……」

「都是一枝行山杖。」我沒好氣地打斷他的話。

補充了物資後，我們就開車往山頂的方向進發。

第六章

在這段車程間，大家都好像有點緊張，畢竟我們終於往尋找眞相的方向出發了吧？

「爲甚麼要在山頂的這個位置建立『忠靈塔』呢？」苡晴開腔問。

「妳意思指？」我回話。

「我覺得，當年在這個位置建『忠靈塔』可能有一定用意。」苡晴說。

「我同意。」阿鈞加入討論：「1942 年建造這座塔，到 1949 年炸毀這座塔，期間應該發生了一些我們還未知道的事情。」

「我有一個很大膽的想法。」苡晴有點欲言又止。

「請講。」我和阿鈞說。

「若美杜莎能幻化成警務處處長，」苡晴說：「那麼她在日治時期會幻化成哪一位有權力的人士？」

「例如酒井隆？」阿鈞說。

「酒井隆？」我問：「是誰？」

「他是香港日治時期軍政廳的最高長官。」阿鈞說：「當時香港人如何被殘害，應該不用我描述吧？」

「美杜莎在日治時期有否幻化成其他人，這實在無從稽考。」我說：「但若然是眞的，那麼我們所認知的歷史……」

衆人皆沈默下來，想不到比集體夢境更荒謬的事情，竟然發生在現實裡。到底美杜莎有否幻化成其他香港的歷史人物，而她又做過甚麼?這一點，我們無從稽考。

這時候，若喬往窗外指：「你們看!」

我們隨即循若喬所指的方向望，發現漆黑的天空有一片深藍色的陰霾，那個位置近山頂處，亦即是我們正前往的馬己仙峽道附近。

「這種陰霾，我們一點也不陌生了。」我說：「看來『忠靈塔』遺址果然有古怪。」

「那麼我們應該要在這裡下車了，然後步行過去看看情況比較好。」若喬說。

「好。」我隨即把車輛駛至路旁，四人下車，開始往山頂的方向走。由於我們停下車輛的位置接近馬己仙峽道，故不消十分鐘就已來到「忠靈塔」遺址。

只是這時候的「忠靈塔」遺址，與我們想像的有點不一樣。

「『忠靈塔』不是被炸毀了嗎?」阿鈞輕聲問。

我們四人在馬己仙峽道附近的小山坡上暗地觀察，本來看見那暗藍色的陰霾都知道這裡並不簡單，但來到之後再親眼目睹，才驚覺比想像中的情況更糟糕。

「『忠靈塔』被炸毀後，理應只餘下基座，並在基座上建成了另一棟大廈。」苡晴說：「但現在眼前的是……」

那一棟大廈不知所蹤，換來的是一座樓高差不多十層的建築，這不是我們在資料文件裡看見的「忠靈塔」，它像是一所新建的「忠靈塔」，而天空的深藍色陰霾正籠罩著這座建築物。

「是美杜莎重建這座塔嗎？用意何在？」苡晴問。

這時候，若喬輕喊：「伏低！」

我們隨即伏下身子，只見小山坡下有一兩個人正不知搬運甚麼到「新忠靈塔」去，不，與其說是人，應該直接說是「枯木人」，即我們在集體夢境裡見到的怪物。

那兩個「枯木人」進入「新忠靈塔」後，我們才稍為鬆一口氣。

「牠們剛才在搬甚麼？」阿鈞說。

「好像是屍體。」若喬說：「或失去知覺的人類？我看不清楚。」

「不論是甚麼，總之美杜莎一定想進行某些陰謀。」我說。

「那怎麼辦？我們躲在這裡也不是辦法。」阿鈞說。

我說：「我跟阿鈞一起潛進去看看？」

苡晴與若喬同時說：「不!」

苡晴說：「我們四個人一起進去吧。」

「對，共同進退。」若喬說。

我頓了一頓，就：「好。」

話畢，我們四人就小心翼翼地從小山坡滑下去，並靜悄悄地循剛才「枯木人」所走的路徑嘗試潛進塔內。

這時候我們應該身在塔的後方，眼前有一道差不多兩三層樓高的石門，石門半開，非常宏偉。

「這應該是人工建造的?」阿鈞問。

「不知道。」我輕聲回話，並小心翼翼地領著頭：「留意背後，搞不好隨時有枯木人出現。」

我們一行四人進入了「忠靈塔」的範圍，一下子，我也難以描述眼前所見的情況。我們正身處的應該是一道走廊，但樓頂卻異常地高，就如我們剛才所經的石門，差不多是兩三層樓高，牆身都是大石，凹凸不平。

「這裡沒有燈，但卻亮如白晝。」若喬說。

我嘗試四處看，也找不到光源，這光亦不是一般的白光，而是帶著暗淡的藍，與藍陰霾如出一轍。

「小心!」這時候阿鈞輕喝，我們隨即靠著牆身作掩護，只見眼前有兩個枯木人正在用木頭車似的工具在運輸，木頭車比我們平常理解的大數倍。木頭車上，我們驚見盛載著的竟然是人!對，是人，差不多是數十個一動不動的人。

「那是屍體嗎?」苡晴說:「怎麼我感覺他們還有生命?」

「不，那些不一定是屍體。」我說:「那些可能是還在沈睡的人們。」

「甚麼?」阿鈞說:「牠們到底想幹甚麼?」

「不知道，我們嘗試小心地跟上去看看。」我說。

只見那兩個枯木人把盛載人體的木頭車推進去一個大房間，房間裡傳來一些難以形容的嘈雜聲，我們嘗試走近房門，但怕被發現。這時候苡晴指一指眼前不遠處的一道石梯，那是一道石造的旋轉梯，應該是通往上一層的，並可能連接那個大房間。

我們迅速沿石梯往上一層走，石級與石級之間相距甚高，我每踏一級都得提盡腿，但這無阻我們通往上一層。

來到上一層，只見眼前有一道應是以鐵造的空中走廊。這道走廊建於那間大房間之高處，大房間裡的情況一覽無遺。

我們小心翼翼地在鐵道上行走，放緩腳步來避免發出聲音，以免被枯木人發現。

若用「大房間」來形容這個空間未免不貼切，這裡的面積非常之大，就像一所大型廠房，有十數個大小不一的水池，水池都是深藍色的。各水池均連接在中央的一條河流，以我們現在身處的位置，看不清楚河流的盡頭在何處。

枯木人好像非常忙碌地「工作」，而牠們的工作是甚麼呢?就這樣看來，牠們是把一些沈睡的人，倒進各個藍色水池去?這一刻我們都未有答案。

這時候，忽然在不遠處傳來尖叫聲，我們以爲自己被發現了，連忙伏下來，但原來不是我們被發現，而是有一個人正驚慌地往出口的方向逃跑。

「那個人有點面善……」阿鈞忽然醒起:「他是吳紹星議員?」

「啊，對啊!」我倒抽一口涼氣，這個逃跑中的男人的確是吳議員，亦是在集體夢境裡擔任「EMSC」副主席的建制派議員。

「救命啊!來人啊!救命啊!」

只見他一面慌張、大喊大叫地逃跑，恍似剛剛睡醒過來的模樣，可是他並沒有成功逃脫，其中一個枯木人以化爲利刃的觸手，迅速刺往他的身體!他的身體立時被刺穿，頓時就失去了生氣，那觸手恍如捕捉了些昆蟲似的晃了兩晃，就隨即把吳議員的身軀拋進其中一個藍色水池去。當他的身軀沈入水池後，連帶連接中央的河面都亮了一亮，恍如吸收了甚麼似的。

「吓?」已經用手捂著嘴巴的若喬禁不住驚呼，這時候枯木人亦好像有所察覺而向我們的方向抬頭。

我們四人頓時屏住呼吸，一動不動，與枯木人們都尚且有一段距離，只盼牠們察覺不到我們吧。

沈默了片刻，恍如度過了一世紀似的，枯木人們又開始垂下頭來繼續工作，伏在鐵道上的我們頓時鬆了一口氣。

苡晴向我們作手勢，示意繼續循鐵道向前行，以進入盡頭的另一個房間。我們點頭，並緩緩向前以免被枯木人發現。

明明本來用數十秒能走完的路，我們屏住呼吸小心翼翼地緩緩向前，走了差不多五分鐘，我們四人幾經辛苦終走過鐵道，進入另一個房間。「房間」實在是太不貼切的形容，這裡就像古堡般，空間非常之大，牆身都由一些非常大的石塊組成。

「我們現在怎辦好?」阿鈞問，來到了這個房間，終於可暫時開聲說話。

「枯木人把沈睡的人們倒進藍色水池去，應該是某一個工序?」我問。

「當人類的身軀跌進水池後，池面都會亮一亮，」若喬說：「就像吸收了一些能量似的。」

「若我們要找眞相，就必須循中央的河流往前走，河流盡頭應該會有答案。」我說。

我們身處的房間明顯沒有路，只有一道往下走的樓梯，循樓梯走應該能回到地面吧?我們別無選擇，唯有小心謹慎地下樓梯回到地面。

來到地面後，發現我們正身處一道空盪盪的「長廊」，對，這裡的樓底極高，四處甚麼也沒有，暫時亦未見有枯木人的蹤跡。「長廊」的中間位置正是那道藍色河流，而我回頭看是一道石牆，河流從石牆下穿過去，通往我們看不清楚的前方。

「好，走吧，我們沿這道藍色河流走。」我說。這道河流有如在郊外看見的河流般闊，水流看似相當急，就像前方有力量引領著它的流向似的。

我們繼續往前走，路程比預期中長，「長廊」內沒有照明系統，但我們依舊能夠視物。

「若我們待會真的遇到美杜莎的眞身，我們應怎麼辦?」阿鈞說。

「我也不知道。」我說:「但看來我們已沒其他路可選擇了。」

「對，都走到這一步了。」苡晴淺笑:「大不了就死吧。」

我斜眼瞄瞄苡晴，示意她不要胡說，這時候若喬有所發現:「大家看看!」

我們往前方看，發現長廊盡頭有一道往上的巨大螺旋石梯，那位置也正是藍色河流的盡頭，只見螺旋石梯下是一個非常大的藍色湖，藍色河明顯在此交匯成湖。

我抬頭一看，看不清楚螺旋石梯的盡處，但看來這道石梯將會通往很重要的地方。

「看來我們終於來到最後的目的地了。」我吸了口氣。

螺旋石梯上會有甚麼?這刻我們都不知道，唯有直接沿螺旋石梯往上走才能找到答案。我們沿一道小石橋似的建築，走進位處藍色湖中心的螺旋石梯，然後開始沿石梯往上行。

我想，我們終於往最終的眞相前進。

破曉前

第七章

「到底是誰起了這些建築?」阿鈞邊走邊問:「這明顯是人工所為?」

「不知道，但我覺得這裡的感覺很像……」我未說完，苡晴接著說:「像一座古蹟。」

「對，這裡像一座古蹟。」我同意，接著說:「那麼這裡是何時建成的?又或是我們在甚麼時候從現代的香港，走進了這座不應該存在於2020年的古蹟?我還未搞得清楚。」

石梯雖長，但總有盡頭。我們走了不知多久，最終來到石梯的盡處。石梯應該連接塔頂?我們要看看才搞得清楚。

領頭的我先探頭往樓梯外看一看，沒錯，這裡正是塔頂，而且視野非常遼闊。但最令我吃驚的是，在遠處有一堆枯木人整齊地聚集，旁邊有一個類似祭壇的東西。我不知道怎樣形容，只見高高的祭壇中間，有一個「人」正進行某一些儀式。

「是美杜莎的眞身嗎?」阿鈞壓低輕聲線問。

「雖然未見過美杜莎的眞身，」我說:「但看來這個正進行某儀式的怪物，正是美杜莎的眞身了。」

我看見在不遠處有一些大石塊可作掩護，在那裡應該有一個比較廣闊的視野，遂示意大家前行，再躲於大石塊後一探美杜莎的情況。

只見美杜莎正唸唸有詞進行她的儀式，一邊發出那些難聽的嚎叫聲，一邊扭動那異常的身體。突然之間，她靜了下來。我們未能判斷現時情況，一道藍色的光束已從美杜莎的身體直射上漆黑的天空!

雲層隨即透著暗藍色的光，隨之是另一道光束從天空打回到美杜莎的身上，最奇異的是那道光束是黑色的!我實在難以形容，但那道的確是黑色的光束。

然後天空慢慢滲出一團黑色的光，就像忽然在天空裡開了一個黑色的洞，接著，我隱約看見那個黑洞之中有一個巨人!

不，那應該不是人，但卻擁有人類的五官，整個人都是紅紅黑黑的，身體比美杜莎還要大數倍。

這時候，美杜莎發出了嚎叫聲，就像與那個恐怖的黑紅色巨人對話，這看來像我們的視像通話。那個黑紅色巨人的真身應該不在這裡?一時間我們沒有答案。

只見美杜莎好像有些請求，我們聽不懂牠們的語言，但我們可以推敲那個黑紅色的巨人應該比美杜莎強大得多，美杜莎在牠面前顯得很卑微。

美杜莎嚎叫了一陣子就停下了，看來她說完她想說的話，只見那巨人沒有說話，卻緩緩舉起了牠的手，伸出牠枯黑的手指，向前方直指。

巨人指往哪呢？竟然是指往我們的方向！

這時候，在祭壇上的美杜莎回頭看，這可算是我第一次真正看見美杜莎，她有著一副非常醜陋的面容。但這明顯不是重點，因爲同一時間，黑巨人咆哮了一聲，然後指著我，對，是指著我，我頓時呆住了，不懂怎樣反應。

黑巨人在那個黑光團裡指著我，我以爲牠應該會大怒，但牠竟然向我咧嘴一笑。

「張諾懿。」

我應該沒有聽錯吧？那巨人的確喊了我的名字，但與其說我聽見，倒不如說牠的聲音直接在我腦海裡浮現出來。

巨人邪惡地一笑後，就連同黑光團在天空消失了！

這些畫面在數秒間發生，我一下子未能判斷發生了甚麼事，大概是那個巨人與美杜莎「掛線」了。

「張諾懿！！」

到美杜莎怒吼我的名字來，這次我是真正聽到了，原來她還能講人話的。美杜莎氣沖沖地指著我們的方向嚎叫了一聲，枯木人們隨即向我們的方向攻過來！

「糟了!快逃!」

我們四人立即往後方逃跑，枯木人隨即就追上來，我們四人差不多跑到塔頂的邊緣位置，前無去路，後有追兵，看一看塔頂與地面差不多有十多層樓的距離，我知道不能就這樣跳下去逃命。

枯木人已追上來，我和阿鈞轉個身子，擋在苡晴和若喬前準備應戰，阿鈞拿起他的行山杖，而我則從背後抽出那把生銹了的「菱苅之劍」。這刻已沒有辦法了，唯有頑抗吧!

這時候，在祭壇上的美杜莎又有動作，只見她忽然怒吼一聲，其雙手按在地上，我聽見她向我說：「張諾懿，你令我不能重返神界，你們也不用妄想能全身而退!」

話畢，一道深藍色的光束從她按在地上的雙手呈圓環狀向外擴散!我一時間未能判斷那是甚麼招式，但其所產生的一道衝擊波把我們四人同時向後震開，我和阿鈞勉強站穩了身子，可是苡晴和若喬卻因站在比較邊緣的位置，而被衝擊波震出塔頂外!

我見狀大驚，拋下劍並同時伸出雙手向苡晴和若喬的方向飛撲，幸好能捉到她們的手，但我的身子也同時躍出塔頂邊緣，阿鈞見狀及時捉緊我的腿。這刻我下半身還留在塔頂位置，但苡晴和若喬均在塔頂外，若她們鬆開我的手就會直墮地面!

同一時間，我見到「忠靈塔」的底部一下子就湧出深藍色的陰霾，短短數秒就迅即覆蓋了地面，換言之，若我們墮進塔底，就會墮進這些藍陰霾裡。

「啊!」我的雙手同時捉緊苡晴和若喬的手，在負重的情況下，我的身子再往外跌出了一點，阿鈞見狀再用力捉緊我的腿，但因沒有任何可借力的東西，我和阿鈞的身子正同時往塔頂邊緣跌下去。

這樣子下去可不妙，我們四人可能會同時墮進塔底，但我這刻顧不了那麼多，我不能讓苡晴或若喬就這樣跌下去!

然而追上來的枯木人並不打算放過我們，其中一個枯木人伸出牠枯黑的手，手再化爲利刃狀，隨即就往阿鈞刺過去。

阿鈞爲了避開那利刃狀的觸手，不得不鬆開我的腿，觸手刺進石地裡，而我隨即失去依靠的力量，身子再往外跌出數吋，阿鈞見狀立即再撲上來捉緊我。

「阿諾，這樣子下去不是辦法!」阿鈞一邊拉著我正往外墮的身子，一邊回頭防備枯木人接下來的攻擊。

一時間，我完全想不到任何辦法。這時候吊在半空的苡晴說：「阿諾，放開我。」

「不，放開我才是。」若喬也說。

我瞪了眼，然後喊：「不會！我絕不會！」

「若這樣下去，我們四個都會死的。」苡晴說。

「不！」我的身子再往外跌出半吋，我仍能捉緊若喬的手臂，但僅能捉著苡晴的手腕。

在最重要的關頭，苡晴凝視我：「能陪你到這裡已不錯。」

「我相信，我們會贏的。」

苡晴話畢，終於因支撐不了而鬆手，身子隨即往下墮去，就這樣跌進那濃濃的深藍色陰霾中。

我頓時呆了，眞眞正正地呆了。

「啊！」這時候捉緊我腿的阿鈞用力一拉，我和若喬順勢回到塔頂。我仍然呆住了，因爲苡晴從這樣的高度墮地，她沒可能生還。

只不過是數十秒間發生的事情，我竟然就這樣失去了一個如此重要的人？

枯木人們並沒有怠慢，迅即作出第二輪的攻擊，十數條恍如利刃的觸手正向我們這邊刺過來，阿鈞喝道：「快逃啊！」

仍然跌坐在地上的我，還未來得及如何反應，就在我快將被刺死的一刻，情況忽然逆轉了！

本來正攻向我的十數條觸手忽然全都被割斷，紛紛跌在地上漸變成灰白色，並隨風而化灰。

是甚麼把它們全割斷呢?我看清楚一點，才發現竟然是那一把生銹了的「菱荊之劍」!

「菱荊之劍」正懸浮在空中，並透著一種黃金色的光芒，輕輕揮舞就把數十條來勢洶洶的觸手都削斷了，這時候我腦海忽然響起一把聲音:「伸出手。」

我聽後向前伸出手，這時候「菱荊之劍」就極速來到我的手中，我用力一握，那種黃金色的光芒更濃，並包圍我全身。

本來非常重的劍，這刻我卻覺得它非常之輕。這時候枯木人們怒吼起來，並向我展開攻擊，我眼前隨即已有十多個巨大而凶神惡煞的枯木人掩至。

可是包圍在黃金色光芒中的我，好像沒有感受到多大的殺機，我很自然地向前揮劍，揮動十數下過後，我已經越過了那十數個枯木人，而那些枯木人隨即漸變爲灰白色，同時隨風而消散。

「嘩，好厲害啊！」跌坐在旁邊的阿鈞驚呼。

我看一看阿鈞，再盯一盯祭壇上的美杜莎，說：「阿鈞，你照顧若喬。」

話畢，我用力一握「菱苅之劍」，以全速直衝向祭壇，並在祭壇前停住了身子，再奮力跳起，差不多躍至兩三層樓之高，舉劍用力往美杜莎斬下去！

美杜莎用雙手作防禦狀，擋下我這一劍，藍陰霾與黃光芒首度交鋒，造成了一股非常大的衝擊波，把四周的東西都震盪得東歪西倒。

我被震後了數米，但穩住了身子後隨即運勁再往前衝，右手握劍並斬過去，美杜莎明顯未做好防禦的準備，故被我的劍刃所傷。她隨即退後了十數米，並撫著疑似受傷的胸口。

這應該是我第一次能傷及美杜莎吧！？誰料五分鐘前還是普通人的我，竟會擁有能傷害神話怪物的能力？這力量當然是來自「菱苅之劍」，這把集中當時香港劍匠的功力的劍。

這時候美杜莎喘著氣，看來她沒想過竟會出現這樣的情況。

但我不在意她怎麼樣，我只在意如何向這個怪物報仇。我雙手握緊著劍，隨即再展開攻勢，美杜莎亦不敢怠慢，怒吼了一聲，渾身的藍陰霾更濃，然後往我的方向攻過來。

「張諾懿，你別得意!」

我揮劍一斬，美杜莎以手作刃抵擋，兩股力量隨即抗衡，不分上下。我用力掙開美杜莎的手刀，她隨即向我怒吼，其血盆大口竟發出黑色的衝擊波，我隨即閃開，勉強迴避了攻擊。這時候，美杜莎面目相當猙獰，其頭髮化爲數百條蛇似的，並向我直刺過來!

「菱苅之劍」隨即發出光芒，我揮舞劍身，並把刺過來的蛇頭斬去，但礙於蛇頭太多，我未能用劍擋下所有的攻擊，瞬間遍體鱗傷，被迫往後一躍。美杜莎隨即像瘋掉的野獸般再張開其血盆大口，向我發出第二次衝擊波，這一次我未能迴避，正面應聲而中。儘管有「菱苅之劍」的光芒所護，但明顯未能抵禦這一波的攻擊，我的身子隨即被震開了十數米。

「你只有人類的身軀，怎能與神匹敵!」美杜莎發出那種難聽而看似笑聲的嚎叫。

我勉力站住了身子，身體即響起痛楚的訊號，剛剛的一波攻擊，我的身體明顯承受不了，體內的內臟都像被撞散了，但我都不理了，一咬牙，再緊握手中的劍。

「妳不是神。」我說：「妳是怪物。」

「你住口!」美杜莎猶如一頭猛獸再衝過來，我勉力維持自己的意識，並以劍作抵擋狀。這時候，在我的腦海忽然再響起那一把聲音：「集中在一點。」

集中在一點?甚麼意思?這時候美杜莎像一頭深藍色的猛獸衝至我的眼前，我雙手隨即用力握緊劍柄，並往前直刺，劍身隨即發出光芒，我怒吼了一聲，與攻過來的美杜莎硬碰。

我把劍身的力量集中在中間的一點，「菱苅之劍」發出耀眼的光芒，竟令我可以直刺進美杜莎龐大的身軀。

被我刺穿了身子的美杜莎在我身後的十多米停下，然後發出「呃……」的聲音並回過頭來，她好像一面不相信似的，怎麼她的身軀竟能被我以劍刺穿?

我回頭看美杜莎，她明顯受重傷，隨即就跌跪在地上。而劍身也因剛才沈重的攻擊，出現了裂痕。

「沒可能，沒可能!」美杜莎說：「人類的身體怎能承受到這種力量?」

我轉個身子面對美杜莎，單是這一個轉身，我身體內外的每一處都感到劇痛，但我咬緊了牙，挺直腰板。

「美杜莎，妳輸了。」我吐出了這句話。

「不!我才沒有輸!」美杜莎嚎叫起來，只見她高舉了長長的雙手，再用力按於地上，地上隨即出現一個包圍她的藍陰霾圈。

美杜莎隨即說：「既是如此，我們同歸於盡吧！」

我還未能反應過來，美杜莎就大喝一聲，看似使出某一個招數，祭壇上隨即懸浮起一個大時鐘似的東西，由十二個火把組成。只見美杜莎大喝一聲，未知她引發了甚麼招式，第一個火把就隨之變成了黑色的火焰。

我一下子未能判斷這是甚麼，阿鈞在遠處喊過來：「是倒數的時鐘！」

美杜莎咧嘴而笑：「倒數完，這城市和這裡都會燃燒殆盡，嘿嘿。」

我見狀，用力一握「菱苅之劍」再衝向美杜莎，運勁斬下去，然而美杜莎卻被一股濃濃的藍陰霾所包圍，我的「菱苅之劍」竟然攻不進該防護罩。

「這可是用我僅餘的生命力所建成的，你不用妄想可攻破！」

我大感錯愕，再運勁向美杜莎劈去，然而都被藍陰霾的防護罩震開。我吸口氣，以助跑並躍起之勢，運全力向美杜莎斬下去，結果「轟」的一聲，我頓時被震開至十數米之外。

跌在地上的我立即再站起來，然而我卻沒有辦法攻破美杜莎的防護罩，就算我手上有「菱苅之劍」都沒有辦法。

「阿諾！沒時間了！」若喬在遠處喊。

我看一看祭壇上的黑火把時鐘，第五個火把都剛剛變成黑色，僅餘七個火把未被染黑，倒數的時間比想像中快得多，猶如代表這個城市的生命力正走向盡頭。

我一咬牙，再用力握劍往美杜莎衝過去，近乎瘋狂地胡亂劈，這一刻我實在沒有辦法，唯有期待我的攻擊能奏效。

我展開猛烈的攻擊，「菱荊之劍」與藍陰霾的防護罩不斷抗衡，同時引起大大小小向外擴散的衝擊波，一時間令塔頂都恍似快要倒塌一樣。

「啊！」我繼續任由身體承受不同的衝擊，繼續堅持揮劍，然而沒有任何一擊是能夠攻破防護罩的，在我繼續猛烈攻擊之時，「菱荊之劍」的劍尖或許再也承受不了，劍身竟然在這時候斷裂！

對，「菱荊之劍」竟然斷開了！

我頓時嚇呆了，劍身斷開之後，其黃金色的光芒迅即褪去，我頓時失去了那股保護我的力量，遭衝擊波劇烈地震開至半空去！

「菱荊之劍」，我最後的武器竟然就這樣斷開了。

我隱約聽到美杜莎的嚎叫，是甚麼意思我不懂，而我被震至兩三層樓高的半空，並隨即以急速墮到地上，這時候我已經完全沒有辦法，亦好像感到極度的疲倦，緩緩地閉上雙眼。

第七章

「別睡。」

這時候，那一把聲音再次響起，我已經聽過這把聲音三次，故不會感到陌生。但這把聲音是誰的呢?我不知道。

我張開眼來，看一看自己的身軀，我竟然懸浮在半空，四周白茫茫一片，寂靜無聲。這裡明顯不是「忠靈塔」的塔頂，那麼這裡是甚麼地方呢?我一下子不能判斷。

「張諾懿。」

我循聲音看過去，只見一個小男孩同樣懸浮在半空，我認得出他是誰。

他是我，他是小時候的我。

我開腔:「你是童年時的我……?」

我一時不能理解，遂問:「這裡是甚麼地方?我不是在『忠靈塔』塔頂與美杜莎決一死戰的嗎?」

小男孩問:「那麼你能打贏她嗎?」

我苦笑，搖搖頭:「贏不了，我連劍都打斷了。」

「沒有劍就贏不了嗎?」小男孩問。

我皺眉:「我只有這把劍而已。」

「不,」小男孩說:「你除了這把劍,還有更強大的武器。」

「我還有甚麼武器?」我不禁問。

小男孩淺笑道:

「人心。」

「人心?」我不明白。

這時候,我聽見有人喊我的名字:「阿諾!你醒醒!」

我隨即從恍如夢境的空間驚醒過來,張開眼,坐直了身子,發現我仍身處「忠靈塔」塔頂的大戰現場。

若喬和阿鈞都在我身邊,我看看我身旁斷開了的「菱荊之劍」,僅餘半把劍身,看來已不能再使用。

這時候,祭壇上的時鐘已僅餘一個火把,若這火把都染黑,即意味這城市的生命將結束。

環看四周,雖然我們處身塔頂,但從塔底處向外擴散的藍陰霾已湧至四周,亦即是這城市已遭藍陰霾完全籠罩。

美杜莎發出那沙啞的聲音:「你們通通都要死。」

我勉力站起身子來,拿起那半把斷劍,並盯著正使出最後招式的美杜莎。

這時候，我心裡反而非常平靜，然後一個人，緩緩一步一步走向美杜莎。

用力一握，半把斷劍仍有餘暉，這時候我運勁把斷劍殘餘的力量，從握劍的右手轉移至左手去。

然後我一咬牙，就運勁以左手劈向斷劍，把剩下的半把劍都毀掉了!

「甚麼?」阿鈞在我身後高呼，而美杜莎都顯得有點錯愕，然後她回過神來:

「看來你已輸得瘋掉了，竟自行毀劍?」

「不。」我說:「沒有劍就贏不了嗎?」

話畢，我把斷劍高舉，被徹底毀掉的劍身正閃耀著恍如迴光返照的餘暉，我大喝一聲，其餘暉瞬間化作萬千道光線向外擴散，像放煙花似的。當光線往外射光了以後，就頓時靜下來了。

然後，好像沒有任何事發生過似的。

這時候，美杜莎咧嘴恥笑:「你在做甚麼?用『菱荊之劍』僅餘的力量放一場煙花?」

「這不是煙花。」我抬頭看著美杜莎:「這是破曉前。」

忽然，美杜莎察覺到不妥，好像出現了另一股力量在抗衡她按壓在地上的雙手，本來圍繞她的藍陰霾變得忽明忽暗。

「你到底做了甚麼?」美杜莎很錯愕。

「沒甚麼。」我說：「我只不過請全城的人來一起反抗妳。」

剛才以「菱莂之劍」僅餘之力所發出的光芒，是向全城仍在沈睡的人發的一個訊息：

「鬥贏她，醒過來!」

每道光線都穿過藍陰霾，直達每一位沈睡的人的腦海，提醒他們正在夢中，若不掙扎，我們都會滅亡，唯有逼自己醒過來，才能截斷美杜莎的力量來源!

每家每戶，每一位被光芒所接觸的人，身體紛紛顫抖起來。這正是他們本人的意志與美杜莎的力量抗衡。這當然非常困難，尤其對於在集體夢中已被石化的人們來說，更爲艱辛，但這一刻的確只有我們本身才能眞正拯救我們!

美杜莎按壓在地上的雙手，像被另一股力量推回去，美杜莎看似快壓不住了。

這時候，我手上本來只餘劍柄的斷劍，忽然發亮，隨即就成了一把新的劍。

我手一握，劍身再次透出黃金光芒，同一時間，美杜莎被那股由下而上的黃金光芒震上半空。於是，我手握新的「菱茢之劍」，並躍前跳上半空，剛好跳到美杜莎的身軀之上。

美杜莎在半空驚詫地盯著我，我舉劍：

「我相信，」我說：

「我們會贏的。」

然後，我就以全身的力量劈下去！

破曉前

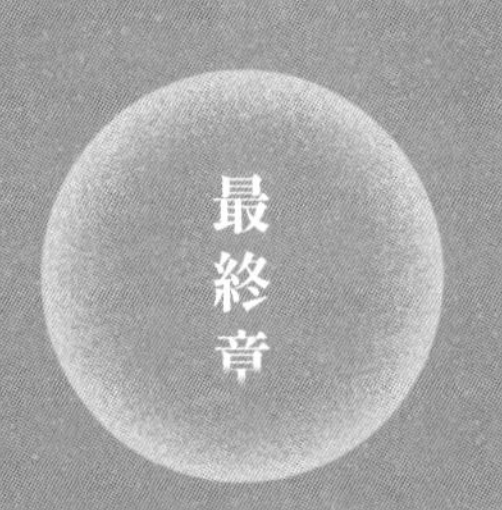

最終章

香港是一個很漂亮的城市。

由一百年前的小漁村發展成今天的國際城市，全因每一位香港人堅毅而不服輸，一次又一次戰勝每一個難關。

晨光初現，俯瞰這個城市，每個在不同崗位的香港人精神奕奕，只爲努力完成每一天的工作。

間中我們或許會吵架，但當知道大家都是爲這頭家著想時，都會和好如初，繼續堅持。

當危難來臨之時，我們會互相扶持，不會棄對方而去，這份手足之情，世上罕見。

半年後，早上的香港國際機場。

我剛辦理好登機手續，因爲我本身已遲到了，正打算趕進關口進行安檢之時，遠處忽然有人叫停我：

「死人張諾懿!」

我回頭看，正是阿鈞，只有他的聲音是如此嘈吵。

「你別那麼大聲喊我的全名好嗎?」我沒好氣地說。

「誰叫你不說一聲就走?電話又不接，幸好我知道你大概這個時間來機場呢!」阿鈞說。

「我又不是移民，」我說:「我應該很快就能回來吧。」

「很快?你連議員的工作也辭去了，都不知去多久呢?」阿鈞說:「究竟你要去哪裡呢?」

「埃及。」我笑一笑:「若喬暫時交給你去探望了，別偷懶呢。」

「埃及?你去埃及幹甚麼呢?」阿鈞不明白。

我說:「我去找拯救苡晴和若喬的辦法。」

「我相信，」我說:

「我們會贏的。」

然後，我就以全身的力量劈下去!

身在半空的美杜莎，被我一擊致重重墮地，奄奄一息。

我著地，握著劍走向倒在地上的美杜莎，這時候她竟然求饒:「別殺我!別殺我!」

「你若在此殺了我，」美杜莎指著不遠處的若喬:「她!她就會成爲植物人!」

我停住了腳步，美杜莎續說:「她在夢中已死去，若我死了，衆人蘇醒也好，她都不會醒來，只會變成植物人!」

我回頭看若喬，她也正看著我，瞬間千言萬語，不知從何說起。

若喬的蘇醒看來是個意外，若在集體夢境死去的人，在現實中理應會成爲植物人，但我們正身處全城昏迷的特別空間，在這個特別情況下，若喬才能夠蘇醒?

這時候，本來還在求饒的美杜莎忽然一聲嚎叫，我還未來得及反應，突然遭她以手刃攻擊。我的身子頓時血如泉湧，我以左手按著傷口，右手握劍抵擋。

美杜莎瘋狂地向我展開攻擊，我身受重傷，節節敗退。她明明已經在垂死邊緣，卻仍有如此的攻擊力，我實在始料不及。

「張諾懿!張諾懿!」美杜莎好像瘋了似的，以手刃胡亂劈過來，我勉力抵擋，未有還擊。

因爲若然我殺了美杜莎，若喬豈不是會陷入昏迷，在現實世界裡成爲植物人?

美杜莎瞬間就把我擊退至塔頂邊緣，這時候我已經渾身是傷，若她再繼續攻擊，我最終也會死於她的手上。

「阿諾!」

是若喬的聲音，我從密集的攻擊裡望向若喬，若喬看著我大喊：

「不要理會我!」

我一時間難以抉擇，若我一斬，就會賠上若喬的性命；但我不還擊，最終美杜莎把我了結之後，就可以隨心所欲摧毀這個城市。

這時候，我看見若喬凝視著我。

我看見她的眼神，那是一種堅定的神情。

我向她點一點頭，她心領神會，也向我點一點頭。

這時候我以全身的力量，反手用劍向垂死而正瘋狂發動攻擊的美杜莎劈過去!

半年前，我們戰勝了美杜莎。

城市裡的人總算蘇醒過來，大家都以爲做了一場夢，有些人則分享了在夢境裡的遭遇，大家都嘖嘖稱奇，然後大家亦很快如常地生活。

這半年來，有兩件事發生了。

首先是當城市的人蘇醒過後，若喬就陷入沈睡當中，我們立即把她送到醫院，我甚至忘記了怎樣慌張地把她交到醫生的手上，然而經診斷後，醫生亦不能解釋若喬爲何陷入昏迷。

半年來，我差不多每天都會到醫院探望她，只盼她可以蘇醒過來，但事與願違，若喬昏迷至今。

另一件事，是苡晴消失了。

所謂的消失，並非她失蹤了，而是她竟然從各人的記憶裡消失，沒有人記得她的存在，只有我和阿鈞仍然記得這個人，世上好像從來沒有出現過這一個人似的。

在大戰當中，她從塔頂墮進地上濃濃的藍陰霾當中，自此杳無音訊，到這城市的人蘇醒過後，她就從所有人的記憶之中消失了。

「我翻查了一些古籍，知道埃及有人遇過類似的情況。」我跟阿鈞說：「我這一趟出走，希望找到解決的辦法。」

阿鈞還想說些甚麼之際，機場響起廣播，大概是我的航班已最後召集了。

我給阿鈞一個擁抱：

「謝謝你，一個無論我做甚麼都會支持我的兄弟。」

阿鈞笑：「去吧，千萬不要死。」

我轉身離去，另一場冒險正等著我。

《全文完》

作者：鄺俊宇

編輯：KY、Xat、流水麵
校對：MY
美術總監：Rogerger Ng
書籍設計：Kit

出版：白卷出版社
黑紙有限公司
新界葵涌大圓街 11-13 號同珍工業大廈 B 座 1 樓 5 室
網址：www.whitepaper.com.hk
電郵：email@whitepaper.com.hk
發行：泛華發行代理有限公司
電郵：gccd@singtaonewscorp.com
版次：2020 年 12 月 初版
ISBN：978-988-74869-0-9